MERJEM

Susanne Schmidt lebt seit 1993 in Italien. Nach einem Studium der Germanistik und der Theaterwissenschaften und Promotion im Fachbereich Kommunikationswissenschaften wirkte sie als Drehbuchautorin, Regie- und Produktionsassistentin bei diversen Film- und Theaterprojekten in Deutschland mit. Heute arbeitet sie als Schriftstellerin, Übersetzerin und hilft italienischen Kindern an der Deutschen Schule Rom, mit den Schwierigkeiten der deutschen Sprache zurechtzukommen.

Ein verlagsneues Buch kostet in ganz Deutschland und Österreich jeweils dasselbe. Das liegt an der gesetzlichen Buchpreisbindung, die dafür sorgt, dass die kulturelle Vielfalt erhalten und für die Leser bezahlbar bleibt. Also: Egal ob im Internet, in der Großbuchhandlung, beim lokalen Buchhändler, im Dorf oder in der Stadt – überall bekommen Sie Ihre verlagsneuen Bücher zum selben Preis.

Coverillustration: Sabine Wilharm

Vermittelt durch die Literaturagentur im
Verlag der Autoren, Frankfurt am Main

Printed in Latvia
ISBN 978-3-946593-05-8
Unsere Trailer auf www.youtube.com/jacobystuart

Susanne Schmidt

MERJEM

Verlagshaus Jacoby & Stuart

1.

Über Linus knattern die Rotorblätter, er steht in der offenen Tür des Hubschraubers. Der Wind bläst ihm die Haare ins Gesicht, aber er lässt das Boot unter sich nicht aus den Augen; durch den Sucher seiner Spezialkamera peilt er herunter. Auf dem Heck stehen zwei Typen mit Niko-Bellic-Visagen, zwischen ihnen eine braune Ledertasche. In dem abgeranzten Teil befinden sich eine Million Dollar, und die will er haben. Kurz überprüft er noch mal den Gurt des Bungee-Seils an seinen Füßen, dann gibt er seinem Piloten ein Zeichen, dass es losgeht. Er atmet tief durch, gleich wird er springen und ...

Jemand rüttelt an seiner Schulter. Welcher Idiot ist das denn? Er muss sich konzentrieren; wenn er jetzt einen Fehler macht, ist er mausetot, zermatscht auf dem Bootsdeck oder zerhäckselt von den Rotorblättern.

„Linus, aufwachen!“

Ja super aber auch. Weg das Boot, als hätten die Wellen es verschluckt.

„Linus, wir haben verschlafen!“

Linus versucht, die Augen zu öffnen, aber vermutlich hat der Sandmann gestern Abend die Tüten verwechselt und Klebstoff statt Sand reingeschüttet.

Er will sich auf die Seite drehen, aber ehe er sich noch mal in seine Bettdecke einwickeln kann, reißt seine Mutter sie ihm einfach weg.

„Los, beeil dich!“ Sie packt seine Hand, zieht ihn auf die Füße und schiebt ihn vor sich her ins Bad, umschifft dabei die im Flur gelagerten Flaschen- und Papiermülltüten.

„Könnte ich nicht einfach erst zur zweiten Stunde …?“

No way. Was die Schule betrifft, ist sie knallhart. Um keinen Ärger zu kriegen, schafft er Zähneputzen und Anziehen in zehn Minuten.

Sie steht in Bademantel und Wollsocken in der Küche, klappt seine Butterbrotdose zu und hält ihm den Hausschlüssel hin.

„Was ist da drauf?“

„Salami. Gekochten Schinken hatten wir nicht mehr.“

Er verstaut die Dose im Rucksack. Salami ist nicht so schlimm wie grobe Leberwurst.

„Tschüss Mama.“

Die Wohnungstür knallt hinter ihm zu. Mit drei kalkulierten Sprüngen, immer fünf Stufen auf einmal, ist er die durchgetretene Treppe hinunter. Am Treppenabsatz wird eine Tür aufgerissen Frau Mayröcker in schwarz-goldenem Bademantel und roten Plüschpantoffeln, sie muss mal wieder hinter der Tür auf ihn gewartet haben. „Was ist denn das für ein Lärm, wir sind doch nicht bei den Hottentotten!“, zetert sie.

Früher hat sie immer „nicht im Negerkral“ gesagt, aber irgendjemand aus dem Haus hat ihr gedroht, sie wegen rassistischen Beleidigungen anzuzeigen.

„Entschuldigung!“ Er nimmt die nächste Treppe in normalem Tempo, nur noch zwei Stufen auf einmal, und schließt sein Rad auf, das er gestern im Hausflur geparkt hat.

„Wenn du es noch einmal da stehen lässt, sag ich dem Hausmeister Bescheid.“ Frau Mayröcker knallt ihre Tür mindestens so laut zu wie er. Warum müssen Erwachsene immer an allem rummeckern? Und dann machen sie genau dasselbe!

***

Als er in die Straße zur Schule einbiegt, herrscht das übliche Chaos von ankommenden Autos, Mofas, Rädern und Fußgängern. Der Unterricht hat noch nicht angefangen, er hat sich völlig umsonst so gehetzt.

Er hat noch Zeit, Zeit für eine Wand, die so grau ist, dass man sie nicht einfach grau lassen kann.

Die Wand gehört zu den Tennisumkleideräumen. Dahin ist es höchstens eine Minute. Zwei vielleicht.

Vorsichtshalber schaut er noch mal rüber zur Straße. Aber alle sind damit beschäftigt, in die Schule zu gehen.

Er holt die Spraydose aus der Tasche. Kurzes Schütteln, noch mal umschauen. Mit leisem Zischen entweicht roter Sprühnebel aus der Dose und setzt sich in einer welligen Linie auf die graue Wand. Er lässt noch ein paar Wellenlinien folgen, darunter ein Halbkreis, zwei Punkte als Augen, ein kleines Dreieck als Nase.

„Was machst du denn da, du kleine Missgeburt!“ Er braucht sich gar nicht umzudrehen. Das ist die Stimme von Herrn Karle, dem Hausmeister der Schule. Herr Karle ist so groß wie Dirk Nowitzki, allerdings mit einem Bauch, als hätte er den Basketball verschluckt, anstatt ihn in den Korb zu werfen.

Linus lässt die Dose fallen, reißt das Fahrrad vom Boden hoch, vier, fünf Schritte und er sitzt im Sattel, steigt voll in die Pedale, knallt durch ein Schlagloch, das Hinterrad rutscht weg auf dem sandigen Boden, er kann sich gerade noch mit dem rechten Fuß abfangen. Die Drohungen des Hausmeisters fliegen ihm noch hinterher, als er die Straße erreicht. „Eltern … Direktor … Anzeige“ – das komplette Hausmeisterprogramm.

Linus rast die Straße hinunter, vor der Schule muss er eine Vollbremsung machen, weil direkt vor ihm ein Auto anhält. Dana steigt aus, zerrt ihren Rucksack vom Rücksitz.

„Hallo Dana!“

Linus fährt im Schneckentempo am Audi ihres Vaters vorbei und winkt zu ihr herüber. Sie hat's nicht gehört oder tut zumindest so.

Kurze Gewichtsverlagerung, Lenker ranziehen. Er bringt das Vorderrad zu einem Wheelie hoch, aber mehr als drei Meter sind spontan und mit Rucksack auf dem Gepäckträger nicht drin, fast wäre er nach hinten übergekippt und hätte sich vor ihr auf den Asphalt gelegt.

Jetzt tut sie nicht mehr so, als würde sie ihn nicht sehen, sondern verdreht die Augen.

Er parkt sein Fahrrad in einem Fahrradständer, kämpft mit dem Schloss, das immer dann klemmt, wenn er sich beeilen will.

Dana ist bei den beiden hirnentkernten Zwillingen Elena und Helena vor der Eingangstür der Schule stehen geblieben und hört ihnen beim Streiten zu. Die beiden streiten immer, im Augenblick darüber, ob man Nagellack für die Finger auch für die Füße benutzen kann.

„Lachen!" Vor ihm steht Leonie mit ihrem neuen Handy. Linus zieht mit Daumen und Zeigefinger die Lippen breit und zeigt ihr seine frisch geputzten Zähne. Ist Leonie egal. Sie fotografiert auch Zähne. Sie hat das Handy vor einer Woche zum Geburtstag bekommen, und jetzt macht sie dauernd Fotos, damit jeder sieht, dass es das Neuste auf dem Markt ist. Linus nimmt seinen Rucksack und schiebt sie zur Seite. Mit ihrer Angeberei geht sie ihm echt auf die Nerven.

***

Erste Stunde: Deutsch. Dana sitzt drei Reihen vor ihm neben Leonie und holt ihre Hausaufgaben heraus. Er hat einen freien Blick auf ihre Locken, weil sich alle zu ihren Taschen runterbücken.

„Linus, deine Hausaufgaben!" Frau Fischer steht neben ihm.

Kacke! Er hat die Hausaufgaben nicht vollständig gemacht, genau genommen nur den ersten Satz geschrieben. Wenn er das Heft wenigstens auf den Tisch gelegt hätte, hätte Frau Fischer vielleicht gar nicht gemerkt, dass der größte Teil fehlt. Er muss sie mit irgendwas ablenken, aber mit was? Ein kaputtes Fenster, eine Klopperei auf dem Schulhof, ein Hundehaufen im Mittelgang, ein blöder Spruch gegen Ausländer auf der Tafel? Nichts dergleichen. Er will gerade erklären, dass er es irgendwie nicht schafft, Zusammenfassungen zu machen, weil er sich immer in den Details verheddert, als er merkt, dass ganz vorne in der ersten Reihe ein Platz frei ist.

„Merjem ist nicht da!" Er zeigt auf ihren leeren Platz und gibt seiner Stimme so viel alarmierenden Ton, dass Frau Fischer von seinem Heft aufschaut, ihr Handy herausholt und kontrolliert, ob vom Sekretariat eine Krankmeldung gekommen ist. Nicht, dass ihn Merjem besonders interessieren würde, sie ist eins von den langweiligen Mädchen, die nie was sagen, aber ständig gute Noten bekommen. Aber jetzt könnte ihm ihre Abwesenheit helfen, Frau Fischer von seinen Hausaufgaben abzulenken.

Treffer – statt Linus holt sie Finn an die Tafel. Er soll noch mal die W-Fragen hinschreiben. ‚Wer?' – eine Familie, ‚Wo?' – am See, ‚Wann?'– an einem Sonntagmorgen, das kommt in die Einleitung, das hätte Linus auch noch gekonnt. Aber jetzt kommt ‚Was?', und da wird's schwierig. Er gibt sich echte Mühe, dem zu folgen, was Finn mit quietschender Kreide an die Tafel schreibt. Aber sofort kommen ihm wieder Danas Locken dazwischen. Wenn man ihnen nahe kommt, duften sie nach Zimt. Er hat mit Finn gewettet, dass er es schafft, sie zum Eis einzuladen, bevor die Eisdiele den Winter über zumacht. Mit einem Handy wäre es viel einfacher sie zu fragen, aber er hat kein Handy. Seine Mutter ist keine von diesen Eltern, die gegen Technik sind, sie ist halt nur keine Ärztin wie die Mutter von Leonie, sondern arbeitet in einem Bistro, und deswegen hat sie nie Geld.

Also dann eben ohne Handy. Er schreibt Dana ein Zettelchen. Ist vielleicht sogar besser, weil er sehen kann, ob sie es liest.

„Linus, kommst du bitte an die Tafel?!"

Die lässt echt nicht locker heute. Er hat nicht die geringste Ahnung, was er jetzt schreiben soll, denn er hat die Geschichte nicht gelesen. Er weiß nur, dass es um eine Familie geht, die ein Picknick an einem See macht, und irgendwas passiert. Aber es ist die Gelegenheit, Dana das Zettelchen zu geben. Er steht langsam auf, marschiert zur Tafel, vorbei an Danas Tisch, tastet nach der Tischkante, schiebt den Zettel über die glatte kühle Fläche, bis er an ihre Hand stößt. Für einen Augenblick liegen seine Finger auf ihren Fingern. Es fühlt sich zart an, wie wenn man über die Rückseite einer Tafel Schokolade streichelt.

Sie zieht ihre Hand zurück.

Er bleibt trotzdem stehen.

„Linus!!!“ Frau Fischer schiebt ihn mit einer Stimme wie Gewittergrollen an die Tafel.

Er nimmt die Kreide in die Hand und schaut sich an, was Finn schon hingeschrieben hat: Picknick, Mutter freut sich, Annika hat keine Lust, Vater will den Hund nicht mitnehmen, Lars will ohne Hund nicht mitkommen.

Er stellt sich so, dass er Dana beobachten kann. Sie hat den Zettel in die Hand genommen.

Nimmt die Familie den Hund mit oder nimmt sie ihn nicht mit? Was soll er schreiben?

Tatsächlich, Dana faltet den Zettel auseinander. Wie soll man sich da auf eine ultralangweilige Geschichte von einem Familienausflug mit Picknick konzentrieren?

Sie liest. Leonie, die neugierige Kuh, beugt sich zu ihr herüber, liest mit. Wenn die nicht Angst hätte, dass Frau Fischer ihr das Handy wegnähme, würde sie sofort ein Foto machen.

„Bitte Linus, jetzt komm mal in die Pötte!“ Frau Fischer stützt ihre beiden Fäuste in die Seite, dass macht sie immer kurz bevor sie wütend wird.

Er schreibt so langsam er kann: „Sie nehmen den Hund doch mit.“

Frau Fischer nickt. Aber sie will wissen, was dann passiert und das weiß er nicht.

Klopfen an der Tür. Ohne ein Herein abzuwarten, reißt Herr Karle die Tür auf. Er füllt den gesamten Türrahmen aus. Mit finsterem Blick sucht er die Klasse ab. So unauffällig wie möglich klappt Linus eine Tafelseite zu sich heran.

Es nützt nichts, der Hausmeister klappt sie mit einer ruppigen Bewegung wieder zurück.

„Nach der Stunde zum Direktor!“, schnauzt er, dreht sich um und will wieder gehen.

Das lässt sich Frau Fischer aber nicht bieten und verstellt ihm den Weg. „Wenn Sie schon meinen Unterricht stören, dürfte ich dann wenigstens wissen, um was es geht?“

Herr Karle schaut auf Frau Fischer herunter, die gefühlt halb so groß und wahrscheinlich auch nur halb so schwer ist wie er. Er hebt den Arm, als wollte er sie einfach zur Seite schieben, aber dann schnauft er gnädig: „Hat mit Farbe rumgesprayt! Und das wird er schön wieder sauber machen!“

Frau Fischer schaut zu Linus herüber. „Hast du?“, will sie wissen.

Er zuckt mit den Schultern und schüttelt andeutungsweise den Kopf.

„Was hat er denn gesprayt?“, fragt Frau Fischer den Hausmeister im selben Ton, in dem sie vorher von Linus wissen wollte, was in der Picknickgeschichte passiert.

Herr Karles grimmiger Blick wischt kurz zu Frau Fischer herüber, hakt sich aber sofort wieder an Linus fest.

„Also was?“, drängelt Frau Fischer unnachgiebig.

Herr Karle lässt Linus von seinem Hakenblick.

„Äh …?“

Frau Fischer macht einen Schritt auf ihn zu. „Sie werden sich doch erinnern, was er gesprayt hat, wenn sie unbedingt wollen, dass es weg soll!"

Herr Karle schnauft ratlos, kratzt sich hinterm Ohr.

Frau Fischer schaut ihn ungeduldig an, stützt dabei die Fäuste in die Seite, wie sie es bei Linus vorhin gemacht hat.

Nach seinem verblödeten Gesichtsausdruck zu urteilen, versucht Herr Karle sich tatsächlich zu erinnern, was Linus gesprayt hat, aber es fällt ihm nicht ein. Wahrscheinlich hat er gar nicht hingeguckt.

Seine Einmeterneunzig schrumpfen auf etwa die Hälfte zusammen.

„Hhm", macht Frau Fischer streng, und es sieht fast so aus, als wollte sie ihm eine schlechte Note eintragen.

Herr Karle reibt sich verlegen die Nase. „Jedenfalls eine Schmiererei, die da nicht hingehört!", knurrt er undeutlich. „Und die muss er wegmachen!"

Er bläst sich wieder zu seiner vollen Größe auf und blafft zu Linus herüber: „Wir sehen uns nach der Schule am Umkleideraum!"

Dann geht er.

Linus trottet zurück auf seinen Platz. Als er bei Dana vorbei kommt, flüstert Leonie: „Der hat doch höchstens Geld für ein Eis im Stehen. Beim letzten Schulausflug hatte er nicht mal was für die Busfahrt mit."

Das hat die natürlich extra genau so getimet, dass er es hören kann.

Warum muss Dana neben so einer Angeberzicke sitzen?

Linus lässt sich auf seinen Platz fallen, als hätte er ein Fußballspiel mit Verlängerung voll durchgespielt. Das Brutalste ist, Leonie hat recht. Er hat höchstens zwei Euro in der Tasche. Das würde noch nicht Mal für ein anständiges Eis im Stehen reichen.

Er rückt seinen Stuhl ein kleines bisschen in den Gang, so dass er einigermaßen freie Sicht auf Danas Rücken hat. Ganz kurz könnte sie sich doch vielleicht umdrehen. Aber den Gefallen tut sie ihm nicht. Mit hochgezogenen Schultern und starrem Hals fixiert sie die Tafel, als würde Umdrehen mit einem Schulverweis bestraft.

2.

Linus hockt neben dem Farbeimer auf dem abgetrampelten Holzsteg, der die Umkleideräume umgibt, und sieht zu, wie sich die Borsten der Pinselquaste mit grauer Farbe vollsaugen.

Herr Karle steht dicht hinter ihm.

„Wird's bald! Meinste, ich will mir die Beine in den Bauch stehen, bis sie so kurz sind wie deine?!“, knurrt er von oben herunter.

Linus nimmt die vollgesogene Pinselquaste aus dem Eimer; die graue Farbe tropft auf den Holzsteg, ehe der Pinsel auch nur halbwegs die Wand erreicht hat.

„*Abstreichen!*“, donnert Herr Karle, „du musst den Pinsel abstreichen! Was meinst du, warum ich dir das Ding da gegeben habe?“

Mit der Spitze seiner Schuhe deutet er auf ein kleines Gitter, das im Eimer hängt. Weiße Basketballschuhe, total neu, genau solche, wie Linus sie gern haben würde. Passen überhaupt nicht zu seinem grauen Hausmeisterkittel. Linus manövriert die Pinselquaste anweisungsgemäß wieder in Richtung Farbeimer zurück, ein dicker grauer Farbtropfen klatscht dabei auf Herrn Karles neuen Schuh und rutscht die schwarzen Seitenstreifen hinunter. Der Blick des Hausmeisters wandert stumm von der Pinselquaste zu seinem Schuh, dann zu Linus. Dabei zieht er scharf die Luft ein, die Flügel seiner Nase blähen sich empört auf. Sein Blick deutet an, dass etwas Furchtbares passiert, wenn Linus jetzt nicht schleunigst die Farbe an die Wand befördert.

Linus richtet sich auf, diesmal mit abgestrichener Pinselquaste. Vor der Wand bremst er noch mal ab. Sie sind wirklich gut geworden, die Locken und nicht nur die, auch die kleine spitze Nase. Herrn Karle reißt der Geduldsfaden, er packt Linus' Handgelenk, fährt mit ruppigen Bewegungen über die welligen roten Linien, zerrt Linus' Hand zum Eimer zurück, taucht die Quaste in die graue Farbe. Vor lauter Ärger vergisst auch er jetzt das Abstreichen. Dicke Kleckse platschen auf den Holzsteg. Schließlich ist Danas Gesicht verschwunden, die Wand der beiden

Umkleideräume ist wieder so grau wie heute Morgen, aber der Holzsteg sieht aus, als hätte ein Wildschweinferkel sich in dem Farbeimer gesuhlt. Doch das scheint Herrn Karle egal zu sein. Hauptsache die Wand ist wieder grau. Er hält Linus den Pinsel und das Gitter hin. „Sauber machen!“, kommandiert er und schließt mit einem riesigen alten Schlüssel die Tür zum Umkleideraum auf.

Die Pinselquaste und das Gitter von sich weg haltend, damit er am Schluss nicht auch so aussieht wie der Holzsteg, marschiert Linus durch den Vorraum der Umkleide. Mit dem Ellenbogen drückt er die Tür zum Toilettenraum auf, legt die beiden Teile in das Handwaschbecken und lässt Wasser drüber laufen. Man kann durch das Fenster auf die Tennisplätze schauen, die ziemlich trist aussehen. Die rote Asche ist zu einem Haufen zusammengeschoben und zwei Netze sind abmontiert. Im Winter werden die Tennisplätze geschlossen.

Linus dreht sich um. Hinter sich hat er leise Schritte gehört. Vielleicht ein Tier, das sich hier verkrochen hat und Hilfe braucht. Möglicherweise sogar ein Hund.

Die Tür zum Raum mit den Duschen steht offen. Linus bleibt erstmal stehen. Vielleicht ist es ja auch kein Hund, sondern ein Fuchs oder ein Marder oder ein Außerirdischer.

Aber in der Umkleide ist niemand. In der Mitte stehen Holzbänke mit Querstangen voller Haken und Ablagen, auf denen man die Sporttaschen abstellen kann. An den

Wänden schmale grüne Schränke aus Metall. Nichts zu sehen von einem Hund.

Linus kniet sich hin, um unter den Holzbänken nachzuschauen. Auch unter den Bänken ist kein Hund, aber neben einem Metallschrank steht merkwürdigerweise ein lila Schulrucksack auf den braunen Steinfliesen. Er hat das Gefühl, dass er den Rucksack schonmal gesehen hat. Er streckt die Hand aus, um ihn aufzumachen. Auf den Heften oder in den Büchern steht bestimmt ein Name.

„Den kannst du nicht mitnehmen, das ist meiner!"

Die Stimme kommt von oben, direkt über ihm. Sie ist leise, trotzdem bleibt ihm vor Schreck fast die Luft weg. Langsam dreht er sich um und versucht, im Halbdunkel etwas zu erkennen. Auf dem Metallschrank neben der Tür hockt eine alte blaue Winterskijacke, aus der lange schwarze Haare herausschauen. Eine Hand fährt aus dem blauen Ärmel, wischt die Haare zur Seite.

„Merjem?!"

Er ist ein bisschen enttäuscht. Nach dem Schreck hätte er eigentlich mehr erwartet – einen Außerirdischen, Gollum, einen Hobbit oder zumindest ein Pokémon. Stattdessen ein stinknormales Mädchen.

„Was machst *du* denn hier?"

Sie antwortet nicht.

Er sieht sie sich genauer an. Unter der dicken blauen Jacke schaut eine Schlafanzughose hervor. Merjem ist oft ein bisschen krass angezogen, mit Sachen die zu groß sind oder bei denen die Farben nicht zusammenpassen, aber diese Skijacke sieht aus, als hätte sie sie aus dem Altkleidercontainer rausgefischt. Und in Schlafanzughosen hat Linus sie auch noch nie gesehen.

„Haste Schule geschwänzt?" Das ist das erste, was ihm einfällt. Warum sie eine Schlafanzughose anhat, fragt er nicht.

Merjem zieht die blaue Jacke fester um ihre Schultern, aber sie antwortet immer noch nicht.

Von draußen ruft Herr Karle. Merjem verschwindet wieder in ihrer Jacke, als wäre sie der Umhang von Harry Potter, in dem man unsichtbar wird.

„Komme!", schreit Linus.

Er ist schon an der Tür, als Merjem doch noch etwas sagt.

„Hast du ein Handy?"

Trotz der warmen Winterjacke zittert sie.

„Frierst du?"

„Hast du eins?", wiederholt Merjem ihre Frage leise, anstatt seine zu beantworten.

„Nee", sagt er.

„Bitte!", Merjem flüstert immer noch. „Kannst du eins besorgen? Ich brauch's nur fünf Minuten."

„Ich versuch's", flüstert Linus zurück. Er muss jetzt gehen, sonst kommt Herr Karle vielleicht noch hier rein. Er holt den Pinsel und den Abstreicher aus dem Waschbecken und spurtet nach draußen.

„Wenn du das noch mal machst, dann kriegen deine Eltern eine Anzeige wegen Sachbeschädigung“, schnauzt Herr Karle Linus noch mal zusammenfassend an, während er den Umkleideraum von außen abschließt und über den Holzsteg zu einem Kabuff an der kurzen Seite des Gebäudes schlurft.

Er öffnet eine niedrige Tür, klappt seine Einmeterneunzig zusammen und hängt den Schlüssel an einen Haken.

Linus bleibt unschlüssig stehen. Er überlegt, wie Merjem in den abgeschlossenen Umkleideraum gekommen ist.

„Was stehst du hier noch rum! Mach, dass du Land gewinnst!“ Herr Karle poltert den Holzsteg herunter und macht sich am Zaun des Tennisplatzes zu schaffen.

Zögernd steigt Linus auf sein Rad. Keine Chance, noch mal in den Umkleideraum zurückzugehen. Er muss später wieder kommen.

***

Merjem hört, wie Linus' Schritte immer leiser werden. Sie hat vergessen, ihm zu sagen, dass er auf keinen Fall jemandem erzählen soll, dass sie hier ist.

Sie legt sich auf den Bauch, hält sich mit den Händen an der oberen Kante des Schranks fest und versucht, sich langsam an der Seite hinunterzuschieben. Aber ihre Arme sind im Moment genau so schwach wie die Beine. Sie kann sich nicht halten, rutscht von der Kante ab, kracht mit dem Kopf gegen den Schrank. Es tut gemein weh, aber sie weint nicht. Sie zieht sich nur die Jacke über den Kopf. Aber gegen die Bilder und die Geräusche in ihrem Kopf kann sie nichts machen.

Pochen gegen die Haustür.

„Aufmachen, Polizei!!!“

Flüstern. Schritte im Flur, dann die Stimme ihres Vaters.

„Ich komme ... ich komme doch schon.“

„Kukuth na ka goditur, Kukuth na ka goditur!“ Das ist ihre Mutter. Sie weint. Merjem kann sich nicht erinnern, dass ihre Mutter je geweint hat. Wenn sie manchmal wegen der Schule oder so geweint hat, hat ihre Mutter immer gesagt: „Heulen hat keinen Sinn, Merjem, tu was!“

Wieder die Schläge gegen die Tür.

Ihr Vater in seinem blaugrau gestreiften Schlafanzug. Er greift nach dem Schlüssel.

Die Haustür springt auf.

Zwei Polizisten in Uniform drängen sich an ihm vorbei. Dahinter eine Frau mit einem Papier in der Hand.

„Sie haben zwanzig Minuten Zeit, ihre Sachen zu packen, dann begleiten wir Sie zum Flughafen. Ihr Flug nach Pristina geht um 9 Uhr 10“, sagt sie zu ihrem Vater.

„Kukuth na ka goditur, Kukuth na ka goditur!“

Warum redet ihre Mutter dauernd von einem Kukuth?

Schritte kommen den Flur entlang. Merjem klettert auf die Fensterbank, von der Fensterbank auf den Schrank. Sie duckt sich hinter zwei große Kisten.

Die Tür wird aufgestoßen.

Einer der Polizisten steht im Raum und schaut auf ihr leeres Bett und die zusammengeknüllte Bettdecke. Hinter ihm ihre Mutter. Der Polizist öffnet den Schrank, Merjem hört, wie er die Sachen durchwühlt. Ihre Knie zittern. Der Polizist hat im Schrank nichts gefunden. Jetzt will er obendrauf nachschauen. Er setzt seinen Fuß auf die Fensterbank. Der Schrank wackelt. Merjem macht die Augen zu, hält den Atem an, der Polizist ist nur noch eine Armlänge von ihr entfernt. Wenn er den Arm ausstreckt, kann er sie packen. Eine eiserne Hand legt sich um ihr Herz, drückt es zusammen. Sie bekommt kaum noch Luft.

Der braune Schuh des Polizisten rutscht an der Fensterbank ab. Das Brett ist zu schmal für seine großen Füße. Ärgerlich rüttelt er an den fast leeren Kisten, hinter denen Merjem sich so flach macht wie eine Flunder.

Rückwärts geht er aus dem Zimmer, bleibt unvermittelt stehen. Unter der Bettdecke hat sich etwas bewegt. Vorsichtig schleicht er sich an, stürzt sich mit einem Hechtsprung auf das Bett. Erschrocken fauchend witscht Hannibal, Merjems Kater, unter der Bettdecke hervor und entkommt durch das offene Fenster.

„Merjeeem!“, schreit ihre Mutter. „Kukuth na ka goditur!“ Warum redet sie nur noch Albanisch. Sie ist doch so stolz auf ihr Deutsch.

Merjem zieht die Kapuze zurück, schüttelt sich wie ein Hund, der ins Wasser gefallen ist. Sie will die Bilder in ihrem Kopf nicht mehr sehen. Draußen dämmert es bereits, aber sie hat Angst, Licht anzumachen, weil man das von außen sehen könnte. Sie versucht aufzustehen, aber es geht nicht, weil ihre Beine nicht das machen wollen, was sie will. Sie hat vor Kälte gar kein Gefühl mehr darin. Sie nimmt die Arme dazu, beides zusammen geht. Sie schafft es bis zu ihrem Rucksack.

In der Vordertasche findet sie nur das Federmäppchen mit Buntstiften, die ihr ihre Mutter zum Geburtstag geschenkt hat, und eine Papierschere. Sie zieht alle Bücher raus, schüttet schließlich den ganzen Rucksack aus. Ein Päckchen mit Kräckern fällt ihr vor die Füße, die Kräcker sind zu kleinen Stückchen zerbröselt. Mit den Zähnen reißt sie die Plastikhülle auf und schüttet sich die Brösel in den Mund. Ein paar nehmen die falsche Richtung in die Luftröhre, sie verschluckt sich fürchterlich. Mit dem Rest der Brösel ist sie vorsichtiger. Sie schüttet sie sich in die Hand und leckt sie mit der Zungenspitze auf. Das ist sogar besser, so hat sie viel länger was davon. „Mehr!“, knurrt ihr Magen, als sie alles aufgeleckt hat. Aber sie hat nicht mehr. Sie sucht alle Schränke ab, ob da vielleicht irgendetwas Vergessenes drinliegt. Das einzige, was sie findet, sind ein paar alte Tennisschuhe. Sie probiert sie an, gestern Nacht hat sie ihre Crocs angelassen. Die Tennisschuhe sind ihr mindestens vier Nummern zu groß.

Ihr Magen knurrt so laut, als säße ein ausgewachsener Wolf darin.

Im Toilettenraum dreht sie den Hahn am Waschbecken auf, probiert immer wieder mit dem Zeigefinger, aber das Wasser wird nicht warm.

Ihr Blick fällt auf einen elektrischen Händetrockner, der neben dem Becken an der Wand angeschraubt ist. Sie drückt den silbernen Knopf, unter lautem Fauchen pustet der Trockner seine Wärme über ihre Hände, dann in ihr Gesicht. Sie zieht die Jacke aus, legt sich darauf und hält ihre Füße unter den Trockner. Erst jetzt merkt sie, dass die nur noch zwei Eisklumpen sind. Sie muss fünfmal aufstehen und drücken, bis die Füße endlich warm sind.

Nur ihr Magen, der knurrt immer noch.

Sie wartet, bis es draußen ganz dunkel ist und steigt auf die Toilettenschüssel. Die Schubkarre steht nicht mehr unter dem Fenster, aber raus kommt sie auch ohne.

Auf der Straße scheint das gelbe Licht der Straßenlaternen. Jedes Mal wenn ein Wagen vorbei fährt, geht sie hinter einem Busch oder einem parkenden Auto in Deckung. Normalerweise braucht sie für den Weg von der Schule nach Hause höchstens eine Viertelstunde, aber heute kommt es ihr wie eine Ewigkeit vor.

In der Wohnung, in der sie bis gestern gewohnt hat, ist alles dunkel. Es sieht wirklich so aus, als wäre ein Kukuth hier gewesen und hätte alles Leben weggesaugt. Wieder das Kribbeln auf der Zunge, aber sie weint nicht. Heulen hat keinen Sinn.

Immerhin, das Klingelschild mit dem Namen ist noch da: Dushi.

Der zweite Name von unten. Sie streicht über die schwarzen Buchstaben, will auf die Klingel drücken. Vielleicht haben sie nur ihren Vater mitgenommen und Mama wartet auf sie und traut sich nur nicht, das Licht anzumachen, genau wie sie vorhin im Umkleideraum.

Aber wenn in der Wohnung einer der Polizisten auf sie lauert?

Sie zieht ihre Hand zurück.

Und wenn ihre Mutter doch da ist?

Sie drückt auf den Klingelknopf, springt die Treppen herunter und kauert sich hinter einen Lieferwagen.

„Bitte!" Sie schließt die Augen. Sie wünscht es sich so stark, dass sie sicher ist, dass die Tür aufgeht.

Es ist ganz still. Nicht mal ein Auto fährt vorbei.

Sie macht die Augen wieder auf.

Die Tür bleibt geschlossen.

Heulen hat keinen Sinn.

Hinter den Treppenstufen des Nachbarhauses hat sich etwas bewegt. Merjem schleicht um das Auto herum. Eine weiße Schwanzspitze. Vielleicht ihr Kater Hannibal? Sie versteckt sich wieder hinter dem Lieferwagen. „Miau", lockt sie ihn. „Miau, miau."

Hannibal hört sie nicht oder er hat keine Lust zu kommen, oder die weiße Schwanzspitze war nicht die von Hannibal oder es war überhaupt keine Katze.

Trotzdem hört Merjem nicht auf zu miauen. Jemand reißt das Fenster auf. „Wirst du wohl Ruhe geben, du dummes Vieh?“

Sie drückt sich platt auf den Boden, damit niemand sieht, dass es gar keine Katze war, die miaut hat. Ihr Magen fängt wieder an zu knurren.

Ein Stückchen weiter ist der Supermarkt, in dem ihre Mutter immer eingekauft hat. An der Käse- und Wursttheke bedient eine Frau, die Merjem oft ein Stückchen Gouda geschenkt hat.

Der Supermarkt ist zu. Die eisernen Rollläden sind heruntergelassen. Es ist jetzt 24 Stunden her, dass sie etwas Richtiges gegessen hat.

Sie umrundet den Supermarkt, vielleicht ist doch noch irgendwo eine Tür offen. Im Halbdunkel am Ende des Parkplatzes bewegt sich etwas. Eine Frau mit zotteligen Haaren beugt sich über einen der Müllcontainer. Ihr Kopf verschwindet in dem Container, die Arme folgen, die Füße heben ein paar Zentimeter vom Boden ab, zappeln kurz in der Luft, setzen dann gleich wieder auf dem Asphalt auf. Es sieht aus, als würde ein Vogel seine ersten Flugübungen machen. Kurz darauf tauchen ihre Arme und der Kopf gleichzeitig wieder auf, in der Hand hat sie ein Netz mit Äpfeln. Mit einem Küchenmesser schneidet sie das Netz auf, sortiert ein paar faule Äpfel aus, tut die guten in ihre fahrbare Einkaufstasche, die aufgeklappt neben ihr steht. Dann taucht sie wieder ab, ihr Körper wippt auf der

Kante des Müllcontainers, diesmal kommt sie mit einer Packung Schnittbrot wieder zum Vorschein.

Vorsichtig schleicht sich Merjem näher heran. Das Schnittbrot fällt in die Tasche, der Kopf der Frau verschwindet erneut im Container.

Als sie mit einem Bündel schwarz gepunkteter Bananen wieder auftaucht, steht Merjem direkt vor ihr.

„Was machst du hier, hä?“, keift sie Merjem an. In ihrem Mund fehlen mindestens drei Zähne.

Merjem rührt sich nicht von der Stelle. „Ich habe Hunger!“

Die Frau fuchtelt aufgeregt mit den Bananen herum. „Das ist mein Platz, mach, dass du wegkommst, such dir einen anderen Supermarkt!“ Ihre kleinen Augen flackern unruhig hin und her. Zwischen ihr und Merjem steht eine weiße Atemwolke, die nach Schnaps riecht. Merjem weicht einen halben Schritt zurück, aber sie lässt die Bananen nicht aus den Augen.

„Geh nach Hause!“, schreit die Frau. „Komm hier nie wieder her!“

Merjem nimmt allen Mut zusammen, macht einen Satz auf die Frau zu, greift nach den Bananen. Die Frau kreischt auf, ihre knotige Hand zieht die Bananen zur Seite, aber Merjem erwischt drei Stück, das Bündel bricht auseinander. Merjem dreht sich um, spurtet quer über den Parkplatz und rennt, bis sie wieder vor dem Toilettenfenster des Umkleideraums steht und kaum noch Luft kriegt.

Die Frau ist ihr nicht gefolgt. Sonst jemand? Hat sie durch das Rennen jemanden auf sich aufmerksam gemacht? Sie peilt herüber zum Weg. Nein – niemand. Jedenfalls kann sie niemanden entdecken.

Ihr Herz klopft immer noch wie verrückt, als sie sich auf eine der Holzbänke im Umkleideraum fallen lässt. Sie holt die drei Bananen aus ihrer Jackentasche, bricht eine auf und zieht die Schale ein Stück herunter. Die Banane ist ein bisschen matschig, aber sie schmeckt ganz süß. Auf jedem Bissen kaut sie herum, so lange es geht.

Das Geräusch eines Autos, das näher kommt.

Das Auto hält vor dem Holzsteg.

Schritte.

Sie zieht sich die Jacke über den Kopf.

Diesmal sind die Bilder wie grelle Blitze.

Das blaue Licht in ihrem Zimmer.

Das Schrillen der veralteten Türglocke, so laut, als würde es nie wieder aufhören.

Die Schläge gegen die Haustür.

„Aufmachen, Polizei!!!"

„Ich komme ... ich komme doch schon." Ihr Vater, ganz heiser.

Und ihre Mutter. „Kukuth na ka goditur, Kukuth na ka goditur!"

Eine Tür wird geöffnet, sie hört das leise Quietschen. Aber es ist die Tür des anderen Umkleideraums.

Dann ein Fauchen, als wenn sich jemand die Haare föhnt.

Merjem verschwindet in einem der Metallschränke.

Das Fauchen des Föhns bleibt.

Ewig.

Bis es doch irgendwann aufhört.

3.

Linus sitzt an seinem Tisch in der Klasse und nutzt die letzte große Pause, um von Finn die Hausaufgaben abzuschreiben. Er hat es gestern wieder nicht geschafft, sie zu machen. Als er nach Hause gekommen ist, hat er erst mal was gegessen, und dann mit Franklin eine Bank ausgeraubt. Und als sie alles klar hatten, ist er noch mal zum Umkleideraum gefahren wegen Merjem. Sie war nicht mehr da, wahrscheinlich hat sie es in der Kälte nicht ausgehalten und ist wieder nach Hause gegangen. In die Schule gekommen ist sie heute aber wieder nicht.

„Na, hast du das Geld für das Eisessen organisiert?" Leonie steht vor Linus mit ihrem schussbereiten Handy.

Er nickt. „Klar, ich hab ne Bank überfallen!"

Stimmt ja, nur leider kann man die GTA-Dollars nicht zum Eisessen verwenden.

Leonie schaut ihn ziemlich blöd an. Sie vergisst sogar zu fotografieren.

Frau Fischer betritt den Raum. Linus lässt schleunigst sein Heft in seinem Rucksack verschwinden. Von einem auf den anderen Moment ist es mucksmäuschenstill in der Klasse.

„Ich muss euch etwas sehr Trauriges erklären." Frau Fischer deutet auf Merjems leeren Platz.

„Merjem …", Frau Fischer räuspert sich, „Merjem ist nicht mehr da."

Alle warten drauf, dass sie mehr sagt. Dass Merjem nicht auf ihrem Platz sitzt, das sieht man ja.

Aber Frau Fischer sagt nicht mehr.

Eine ganz leise Stimme fragt „Ist sie tot?"

Die Stimme gehört Dana. Es ist so still als ob sich niemand mehr trauen würde zu atmen.

Frau Fischer schüttelt den Kopf. „Nein, Dana, nein, Merjem ist nicht tot. Sie und ihre Familie sind abgeschoben worden."

In der Klasse wird es wieder unruhig.

Abgeschoben?

Linus hat das Wort in letzter Zeit öfter gehört. Es hat etwas mit den ganzen Ausländern zu tun, die im Moment alle kommen, aber was heißt das genau?

Frau Fischer setzt sich auf ihr Pult, das macht sie immer, wenn sie mit der Klasse über Sachen redet, die nichts mit Deutsch zu tun haben.

„Also, abgeschoben, das heißt: Merjem und ihre Familie sind zurück nach Albanien gebracht worden, nach

Tropoja, vorgestern Nacht, deswegen ist Merjem gestern nicht in der Schule gewesen."

„Aber Merjem und ihre Familie, das sind doch keine Flüchtlinge, oder doch?", will Leonie wissen.

„Merjem kommt aus Albanien und von Albanien kommen auch ganz viele nach Deutschland", erklärt ihr Finn. „Oder?" Er schaut Frau Fischer fragend an. Die nickt. „Ihre Eltern sind vor fünf Jahren hierhergekommen, weil sie nach dem Krieg im Kosovo serbische Freunde versteckt haben und da hat ihnen jemand das Haus angezündet und das Haus war alles, was sie hatten."

„Und warum sind sie dann wieder dahin zurück?", fragt Elena.

„Sie sind nicht freiwillig zurückgegangen, sie sind vorgestern Nacht abgeholt worden."

„Und können sie nicht einfach nach ein bisschen Zeit wieder hierher kommen?", schlägt Helena vor.

„Nee", sagt Finn, „wenn man abgeschoben worden ist, kann man nicht wieder kommen, sonst wird man verhaftet."

„Aber haben denn Merjem oder ihre Eltern irgendwas Schlechtes gemacht?"

Frau Fischer bläst verächtlich ein paar Haare aus ihrem Gesicht. „Sie wollten nur ohne Angst leben. Ihr Vater hat in einem Gartencenter gearbeitet und ihre Mutter in unserem Krankenhaus. Sie haben hier lange gelebt und auch Steuern bezahlt."

„Wenn Merjem nicht mehr hierher kommen kann, dann können wir sie ja vielleicht besuchen." Leonie hat schon wieder ihr Handy in der Hand. „Wo haben sie sie noch mal hingebracht?"

„Nach Tropoja in Albanien", wiederholt Frau Fischer und vergisst, dass man das Handy in der Schule und erst recht im Unterricht nicht benutzen darf. Alle drängen sich um Leonie und ihr Handy.

Nur Linus bleibt auf seinem Platz sitzen. Er kapiert gar nichts mehr oder nur so viel, dass Merjem die Schule gestern gar nicht geschwänzt hat. Aber wenn sie nach Albanien gebracht worden ist, wie kommt sie dann in den Umkleideraum vom Tennisplatz?

Er überlegt, ob er Frau Fischer sagen soll, dass Merjem gar nicht in Tropoja oder wie das heißt ist. Aber dann fällt ihm ein, dass sie ja gestern Abend nicht mehr im Umkleideraum war. Und alle, auch Frau Fischer interessieren sich im Moment nur dafür, was man bei Wikipedia über Tropoja erfahren kann. Wenn er jetzt sagt, dass er Merjem gestern gesehen hat, dann meinen sie wieder, dass er sich wichtig machen will.

* * *

Merjem liegt unter dem Spiegel und hält ihre Füße unter den Händetrockner, dabei isst sie die letzte Banane. In das Fauchen des Trockners mischt sich ein anderes Geräusch. Merjem springt auf, sie zieht sich nicht mal die

Crocs wieder an. Ist ihr egal, dass die Füße sofort wieder kalt werden. Vorsichtig macht sie die Tür zur Toilette auf.

Zwei grüne Augen funkeln durch das Fenster.

„Hannibal!!“ Es ist, als ob ein Haufen Sterne durch sie hindurchrieselt.

Hannibal betrachtet mit schiefgelegtem Kopf Merjems neue Unterkunft. Dann putzt er sich ausführlich sein schwarz-weißes Fell.

Sie versucht, ihn dazu zu bewegen, zu ihr hereinzuspringen.

Zuhause hat sie immer mit dem Trockenfutter im Pappkarton geklappert, aber jetzt hat sie nur den Rest der matschigen Banane. Das ist nichts, was sie Hannibal anbieten kann. Sie muss etwas finden, mit dem sie klappern kann. Hannibal muss zu ihr hereinkommen, er muss sich auf ihren Bauch legen, sie will ihre Hand in seinem weichen Fell vergraben, und wenn er dann schnurrt, wäre das ein ganz klein bisschen wie zuhause.

Merjem schleicht in den Umkleideraum, überlegt kurz, schnappt sich einen der alten Tennisschuhe, steckt den Anspitzer und zwei, drei Stifte aus ihrem Federmäppchen hinein und schüttelt. Nicht ganz das Geräusch von Trockenfutter, aber einen Versuch ist es wert.

Hannibal hört auf, sich zu putzen, spitzt die Ohren. Merjem schüttelt den Schuh. Hannibal starrt sie mit seinen grünen Augen an, dann steht er gemächlich auf. Ein eleganter Satz, er landet sicher auf dem Klodeckel. Merjem lockt ihn in den Umkleideraum, Hannibal streicht um ihre Beine, sie legt sich auf eine der Bänke. Er springt auf ihren Bauch. Merjem vergräbt ihre Hand in seinem Fell, Hannibal schnurrt. Es ist ein ganz klein bisschen wie zuhause.

„Ich besorg uns gleich was zu essen", verspricht sie ihm.

Von der Schule ist ganz schwach der Gong zu hören. Es muss halb zwei sein. Die Schule ist zu Ende. Vielleicht kommt Linus ja rüber und hat ein Handy dabei.

***

Linus wollte nach der Schule eigentlich nachschauen, ob Merjem zurück im Umkleideraum ist, aber heute hat ihn sein Onkel Gerald abgeholt und ins Kino eingeladen. Nach dem Film hat sein Onkel ihn vor der ECHTZEIT abgesetzt, das ist das Bistro, in dem seine Mutter arbeitet.

Er tut so, als ob er Schularbeiten machen würde. Er hat jede Menge Schulbücher um sich herum ausgebreitet, aber er kann sich nicht konzentrieren, genau wie in der Schule. Ob er seiner Mutter von Merjem erzählen soll?

Zwei Männer betreten das Bistro. Ist das nicht Danas Vater?

„Linus, du sollst keine Löcher in die Luft starren, sondern deine Hausaufgaben machen!" Katrin schließt die Tür des Getränkekühlschranks, den sie gerade aufgefüllt hat, und stellt sich hinter ihn. „Was hast du denn auf?"

Er ruckelt umständlich seinen Stuhl zu ihr herum. „Ein Mädchen aus meiner Klasse ist abgeschoben worden", sagt er. Bei so einer Nachricht wird sie ja wohl nicht mehr von ihm verlangen, dass er Deutschhausaufgaben machen soll. Aber seine Mutter steht schon gar nicht mehr hinter ihm. Sie ist zu dem Mann herüber gegangen, von dem er annimmt, dass es Danas Vater ist, nimmt seine Bestellung auf. Hat sich Linus verhört oder haben der Mann und seine Mutter sich geduzt? Kennen die sich denn?

„Bitte Linus, jetzt fang doch mal endlich an!" Katrin schiebt einen Schinken-Käsetoast unter den Grill.

Es hat keinen Sinn, mit ihr über Merjem zu reden. Sie hat jetzt wirklich keine Zeit.

Linus schlägt das Deutschheft auf. Immer noch diese blöde Picknickgeschichte. Es kommt ein Gewitter, die Familie streitet, ob sie nach Hause fahren soll, dann wird der Hund fast vom Blitz getroffen. Jetzt sollen sie die Geschichte aus der Perspektive des Vaters oder der Mutter schreiben. Aber er hat sie noch nicht mal richtig gelesen. Der Typ, der wahrscheinlich Danas Vater ist, schaut die ganze Zeit zu seiner Mutter rüber. Sie tut so, als ob sie es nicht merkt. Aber ihr Mund zuckt ein ganz kleines bisschen, als wollte sie verhindern, dass sie lächelt.

Draußen donnert ein Polizeiwagen mit Blaulicht und eingeschalteter Sirene vorbei. Ob sie Merjem gefunden haben? Holen sie sie jetzt ab und bringen sie nach Dingsda in Albanien? Katrin steht plötzlich hinter ihm, klapst mit der flachen Hand gegen seinen Kopf. „Linus, jetzt bleib doch einmal bei der Sache!"

„Mama, kannst du mir dein Handy leihen?"

Katrin runzelt genervt die Stirn. „Wofür?"

Mist, die Antwort auf ‚Wofür' hätte er sich natürlich früher überlegen müssen.

„Ich brauch's halt. Ich muss noch mal zur Schule mein Fahrrad holen und da, also da ist es ja besser, wenn du mich erreichen kannst!"

Katrin bewegt ihre flache Hand wie einen Scheibenwischer vor ihrer Stirn. „Kann es sein, dass du ein bisschen übergeschnappt bist, mein Sohn? Gleich kommt Barbara und löst mich ab, dann gehen wir zwei nach Hause und du machst endlich deine Hausaufgaben."

***

Merjem zwängt sich durch das Toilettenfenster nach draußen. Es ist ein bisschen früher als gestern, vielleicht hat der Supermarkt noch auf, und sie kann ein Stückchen Käse besorgen. Auch heute sind nur wenige Autos unterwegs. Sie ist zwar immer noch vorsichtig, aber sie hat begriffen, dass die vorbeifahrenden Autos nicht auf sie achten, wenn sie sich nicht gerade ins Scheinwerferlicht stellt. Das Haus sieht sie schon von weitem. Ist da nicht Licht in ihrer Wohnung? Im Magen knistert es wie kleine elektrische Stromstöße. Sie vergisst jede Vorsicht und fängt an zu rennen.

Vor dem Haus steht ein klappriger kleiner Lastwagen, mit der Ladefläche Richtung Fenster geparkt. Neben dem

Lastwagen steht ein Kühlschrank, es ist *ihr* Kühlschrank. An der Tür hängen noch die Magneten von Borussia Dortmund, dem Berliner Bären und von Shrek.

Auf dem Laster stehen die Waschmaschine und der klobige Fernseher. Das Küchenfenster steht offen. Ein Mann klettert heraus, den DVD-Player unter den Arm geklemmt. Er reicht ihn einer Frau, die unter dem Fenster steht, ein zweiter Mann kommt hinterher. Merjem erkennt sie. Sie haben ein kleines Restaurant, da sind sie alle zusammen hingegangen, wenn es etwas Besonderes zu feiern gab.

Die Frau bemerkt Merjem, starrt sie an, als sähe sie ein Gespenst. Dann sagt sie etwas auf Albanisch. Sie will wissen, warum Merjem nicht zurück in Tropoja ist. Anstatt zu antworten zeigt Merjem auf den Kühlschrank neben dem Lastwagen. „Der gehört euch nicht!"

Die Männer stemmen den Kühlschrank auf den Lastwagen. Warum sie noch so spät auf der Straße ist, will der Mann von ihr wissen. Seine Stimme klingt drohend, und der andere drängelt, weil er weg will.

Die Frau geht zur Fahrerkabine und kommt mit einer bunten Einkaufstasche wieder. Der Mann räumt die Sachen aus dem Kühlschrank in die Tüte, übergibt sie Merjem, ohne sie anzuschauen. Währenddessen klettert die Frau auf den Laster zerrt die nasse Wäsche aus der Waschmaschine. Ein Laken, ein Schlafanzug von Papa, ein Kopfkissenbezug und Küchenhandtücher. Solche A...!

Nein, sie flucht nicht. Ihre Mutter hat gesagt, ein Mädchen, das flucht, wird von niemandem respektiert.

Die beiden Männer und die Frau lassen ihre Blicke über Merjem hinweg kreuzen, flüstern miteinander.

„Policia“ hört Merjem sie sagen.

Sie kneift die Augen zusammen.

Wieder diese Bilder.

Das blaue Licht in ihrem Zimmer.

Das Pochen gegen die Tür. Ihr Vater im gestreiften Schlafanzug, seine zitternde Hand mit dem Schlüssel.

Das Weinen ihrer Mutter.

Sie zwingt sich, die Augen wieder aufzumachen. Vor ihr steht die Frau, sie hat einen Zehneuroschein in der Hand, sucht an der Skijacke nach der Tasche.

Merjem hängt sich die Tasche mit den Sachen aus dem Kühlschrank um die rechte Schulter, die Tüte mit den Sachen aus der Waschmaschine um die linke. Sie nimmt das Geld und rennt los. Der Motor des Lasters wird angelassen, sie rennt noch schneller, gleich bekommt sie keine Luft mehr, gleich muss sie langsamer werden. Die Henkel der Taschen schneiden ihr in die Schulter. Der Lastwagen fährt los, aber er kommt nicht näher, er fährt in die andere Richtung. Keuchend bleibt Merjem stehen.

4.

„Wolltest du nicht Dana zum Eisessen einladen?“ Leonie wartet mit ihrem Handy vor der Klassentür darauf, dass sie die totale Verzweiflung fotografieren kann. Linus geht an ihr vorbei auf seinen Platz.

„Wenn du kein Geld dabei hast, klappt das nicht mehr, heute ist der letzte Tag!“, stichelt sie hinter ihm her.

Er tut einfach so, als wäre ihre Stimme auf lautlos gestellt.

Kein Deutsch heute, sondern Mathe. Dana macht den Vorschlag, Geld für Merjem zu sammeln und es ihr nach Topoja zu schicken, sobald sie ihre Adresse herausgefunden haben.

Und wenn sie gar nicht in Topoja ist? Wenn sie hier geblieben ist? Linus beschließt, noch mal im Umkleideraum nachzuschauen.

In der ersten großen Pause schleicht er sich zum Tennisplatz rüber. Wenn man zum Haupteingang raus spaziert und dabei erwischt wird, bekommt man einen Eintrag ins Klassenbuch und eine Benachrichtigung an die Eltern, aber wenn man den Nebeneingang durch die Sporthalle nimmt, kriegt es keiner mit.

Auf dem Holzsteg sind immer noch die Farbkleckse zu sehen und der Fußabdruck von Herrn Karle, und auf der Wand sind die roten Linien doch wieder ein bisschen durchgekommen.

Linus klopft.

Keine Antwort.

„Merjem!“, ruft er leise. Laut schreien will er nicht. Nicht dass Herr Karle wieder hier auftaucht.

Nichts rührt sich.

Er geht um den Umkleideraum herum. Unter dem Fenster steht eine Schubkarre. Er klettert rauf, versucht sich durch das Fensterkreuz zu zwängen, aber er kommt nicht durch.

„Merjem!“ Von hier kann er lauter schreien. Von der Straße aus ist das Fenster nicht zu sehen.

Es rührt sich nichts. Wie gut, dass er nichts gesagt hat. Kein Mensch würde ihm glauben, dass er Merjem gestern hier getroffen hat.

„Merjem!!!“ Ganz entfernt hört Merjem eine Stimme, die sie ruft.

Sie hat geträumt: Sie liegt in ihrem Zimmer auf dem Bett und hat die Hand nach Hannibal ausgestreckt, aber statt Hannibals Fell hat sie etwas nasses Kaltes gespürt. Das ganze Zimmer ist voll stinkendem Wasser. Sie will um Hilfe schreien, aber da hat das Wasser sie schon gepackt, als hätte es riesige Hände, und durch das Fenster nach draußen in die Nacht geschoben. Draußen ist auch alles voller Wasser, nur ein paar kahle Baumkronen ragen noch heraus und die nass glänzenden Dächer der Häuser. Sie versucht, zu einem der Dächer zu schwimmen, aber bevor sie es erreicht hat, ist auch das Dach im Wasser versunken. Panisch schaut sie sich um, sie wird ertrinken, lange kann sie in dem kalten Wasser nicht mehr schwimmen. Ein einzelner grüner, halbhoher Turnschuh schaukelt vor ihr auf der goldenen Spur, die der Mond auf das Wasser gezeichnet hat. Mit letzter Kraft streckt sie ihren Arm aus, um sich an dem Turnschuh festzuhalten. „Merjem!!“ Die Stimme gehört nicht zu dem Traum. Sie kommt von draußen. Merjem macht die Augen auf. Sie liegt nicht zuhause in ihrem Bett, sondern auf der Bank im Umkleideraum. „Merjem!“

Linus will gerade von der Schubkarre springen, als die Klinke der Klotür heruntergedrückt wird.

„Du bist also doch noch da!“, stellt Linus fest.

Merjem nickt.

„Ich bin vorgestern noch mal vorbeigekommen, aber da warst du nicht da.“

Merjem nickt noch mal.

Sehr gesprächig ist sie nicht, das kennt er ja schon.

Er weiß auch nicht so richtig, was er sagen soll. Was machst du hier oder so was ist bescheuert, er weiß ja, was sie hier macht: Sie wollte nicht in dieses Kaff, und deswegen versteckt sie sich hier. In Albanien gibt es wahrscheinlich nicht mal Internet.

„Hast du das Handy?“

Daran hat er gar nicht mehr gedacht. „In der Schule haben sie gesagt, sie haben dich zurück nach Albanien gebracht, deswegen wusste ich nicht genau, ob du noch hier bist“, erklärt er ihr.

Merjem schluckt, aber sie heult nicht. Heulen hat keinen Sinn. Sie zittert schon wieder. Das liegt daran, dass es im Umkleideraum so kalt ist.

„Aber jetzt, wo ich weiß, dass du noch hier bist, besorg ich dir eins, hundertpro!"

Merjem schiebt die Haare zurück, die ihr ins Gesicht gefallen sind. Das Zittern wird ein bisschen weniger. Sie weiß nicht viel über Linus, außer, dass er die Hausaufgaben meistens von Finn abschreibt, anstatt sie selber zu machen, und dass er eine noch größere Klappe hat als die anderen Jungs in der Klasse. Trotzdem ist sie froh, dass er wiedergekommen ist, wenn auch erst nach zwei Tagen.

Sie durchsucht die Taschen der blauen Skijacke, findet die zehn Euro, die die Frau ihr gestern Abend gegeben hat, hält sie Linus hin.

Er zögert.

„Für das Handy." Ihre Stimme klingt heiser.

Linus greift er durch das Fensterkreuz.

„Du darfst niemandem sagen, dass ich hier bin!" Ihr Magen knurrt wie verrückt. Drei Bananen und eine Packung Kräcker in drei Tagen sind nicht viel. „Und kannst du mir vielleicht etwas zu essen besorgen?"

Von der Schule ist das Klingeln zu hören. Linus bemerkt, dass Merjem zittert. Er zieht seine Jacke und seinen Kapuzenpulli aus, schiebt ihr den Pulli durch die Gitterstäbe des Fensters.

***

Frau Fischer ist schon in der Klasse. Er erklärt ihr irgendwas von Durchfall und Bauchschmerzen, und sie sagt nichts dazu. Als er bei Leonie und Dana vorbei kommt, zischt Leonie ihm zu. „Wird das denn noch was mit dem Eis?“ Sie lächelt so falsch, dass ihr eigentlich die Zahnspange rausfallen müsste. Linus schlenkert seine Jacke in ihre Richtung, am liebsten würde er sie ihr ins Gesicht pfeffern. Merjems Zehneuroschein segelt aus der Jackentasche. Leonie schnappt ihn sich und hält ihn prüfend in die Luft. Mit einem Schritt ist Linus bei ihr, reißt ihr das Geld aus der Hand. Leonie dreht sich grinsend zu Dana um. „Er hat Falschgeld für dich drucken lassen.“

„Wenn du schon zu spät kommst, würdest du dann bitte wenigstens nicht den Unterricht stören“, ranzt Frau Fischer ihn an. Dabei war es Leonie, die gequatscht hat. Er hat keinen Ton gesagt. Linus setzt sich, schaut, ob es von Dana irgendeine Reaktion gibt. Aber sie hat wieder ihren starren Nach-vorn-zur-Tafel-Blick drauf.

***

Natürlich merkt Dana, dass Linus ihr auf dem Nachhauseweg folgt. Sie biegt in eine Straße ein und versteckt sich in einer Toreinfahrt. Als Linus um die Ecke kommt, rennt er fast auf sie drauf.

„Warum rennst du mir hinterher?“

„Renn ich gar nicht!“

„Türlich machste das.“

Er beschließt, die Wahrheit zu sagen.

„Okay, ein bisschen. Ich wollte mal mit dir reden, wenn die blöde Leonie nicht dabei ist.“

„Und was wolltest du mit mir reden?“

Linus weiß, dass er das nicht tun sollte, aber seine Hand hat sich selbstständig gemacht. Er dröselt den Zehneuroschein aus der Hosentasche. „Ist heute die letzte Möglichkeit. Morgen machen sie zu.“

Dana zögert. „Aber nicht, dass du ein Foto machst und es Finn oder irgend nem anderen Blödmann schickst.“

„Hab doch gar kein Handy.“ Zum ersten Mal in seinem Leben ist er froh darüber.

***

Sie sitzen in der hinteren Ecke der Eisdiele. Dana hat sich Vanilleeis mit heißen Himbeeren bestellt, Linus das Gleiche. Er denkt darüber nach, was er sagen könnte, aber ihm fällt absolut nichts ein. GTA, FiFa, Bundesliga? Sein Kopf ist wie leergefegt, und Dana hat ihr Eis schon fast aufgegessen.

„Schmeckt dein Eis nicht?“ Dana deutet auf seinen noch fast vollen Becher.

„Doch.“

Er fängt an zu löffeln. Wäre ja schade um das letzte Vanilleeis mit heißen Himbeeren in diesem Jahr.

Dana kratzt die Reste aus ihrem Glas.

Ihm fällt doch noch was ein, was er sagen kann. „Warum bist du eigentlich dauernd mit dieser dämlichen Leonie zusammen?"

„Erstens ist sie nicht dämlich und zweitens bin ich nicht dauernd mit ihr zusammen, ich sitze nur neben ihr."

„Musst ja nicht neben ihr sitzen."

„Neben wem denn sonst, neben dir vielleicht?"

Danas Eisbecher ist jetzt vollkommen leer gekratzt. Linus überlegt, ob er ihr was von seinem Eis anbieten soll. Aber das ist inzwischen zu Himbeervanillesauce zerflossen. Er löffelt trotzdem ganz langsam, vielleicht fällt ihm ja doch was zum Reden ein.

„Ich will jetzt gehen." Dana greift nach ihrer Jacke und ihrem Schulrucksack. Die Serviererin schaut zu ihnen herüber. „Wollt ihr zahlen?"

Dana nickt zu Linus herüber. „Er macht das."

Linus holt seinen Zehneuroschein aus der Tasche, gibt ihn der Serviererin.

„Zwei Mal Vanille mit heißen Himbeeren zum Sonderpreis, weil heute der letzte Tag ist, macht 7,70." Sie glättet den Zehneuroschein, schiebt ihn in ihr großes Portemonnaie und will herausgeben."

„Stimmt so!", winkt Linus ab. Dana schaut ihn irritiert an.

Er zieht ebenfalls seine Jacke wieder an. „Zehn Prozent. Das macht man so."

Sie verlassen die Eisdiele. Dana tippt sich an die Stirn. „Zehn Prozent von 7,70 Euro sind 77 Cent und nicht 2,30 Euro."

Linus wird plötzlich schwindelig, und das liegt nicht daran, dass Dana ein so herablassendes Gesicht macht, als wäre sie eine Mathematikerin mit zwei Doktortiteln. Er hat Merjems Geld ausgegeben, und er hat weder ein Handy besorgt noch etwas zu essen.

„Was ist los mit dir? Ist dir nicht gut?", hört er Danas Stimme wie durch Watte. Er muss jetzt zumindest ein Handy organisieren.

Er stellt seinen Blick wieder scharf auf Dana. Sie scheint echt besorgt zu sein.

„Sag mal, hast du ein Handy?" Er braucht sich nicht mal Mühe geben, dass es dringend klingt.

Dana nickt. „Aber es ist nur so ein uraltes. Kann man nicht mal ins Internet mit. Musst du jemanden anrufen?" Sie wühlt in ihrem Rucksack. Linus beugt sich zu ihr herunter.

„Es ist nicht für mich!", flüstert er.

Dana hört auf zu suchen.

„Für wen denn dann?"

„Kannst du ein Geheimnis für dich behalten?"

Sie schaut ihn prüfend an, ob sie irgendwo in seinem Gesicht ein verstecktes Grinsen erkennen kann. Aber da ist nichts. Alles ernst.

Sie nickt.

„Okay“, sagt Linus. „Dann müssen wir noch mal zurück zur Schule.“

***

Linus tastet in dem Kabuff neben dem Umkleideraum nach dem Schlüssel, nimmt ihn vom Haken, schleicht auf Zehenspitzen über den verkleckten Holzsteg. Vorsichtig schiebt er den Schlüssel in das Schloss, dreht ihn herum. Mit einem leisen Klacken springt die Tür auf.

Zögernd folgt ihm Dana in den kleinen Vorraum des Umkleideraums. Geräuschlos drückt Linus die Klinke herunter.

Auf den großen braunen Steinfliesen liegt ein Atlas, daneben ein Milchkarton. An den Haken und über den geöffneten Türen der Metallschränke hängen lauter Sachen, die vorher nicht da waren: ein grau-blau gestreifter Schlafanzug, ein riesiges himmelblaues Nachthemd, ein Bettlaken, ein paar Küchenhandtücher, ein Kopfkissenbezug – und auf der Taschenablage hockt ein schwarz-weißer Kater, der zu ihnen herunteräugt.

Hinter ihnen knarrt eine Tür. Linus dreht sich um. Merjems blaue Jacke schießt auf ihn zu. Er hält schützend die Hände über seinen Kopf, versucht die aus der Jacke auf ihn eindreschenden Fäuste abzuwehren.

„Du hast versprochen, mich nicht zu verraten!“

Dana kommt ihm zu Hilfe, kriegt einen Zipfel von der Jacke zu fassen, wird voll an der Schulter getroffen. Nur langsam werden die Schläge schwächer. Dana schafft es, einen Arm festzuhalten.

„Los, schnapp dir den anderen!“, fordert sie Linus auf.

Erst jetzt kommt sie dazu, ein Gesicht in der blauen Jacke zu suchen. „Merjem???!!!“

Dana lässt sich neben Merjem auf den Boden fallen. „Ich dachte … was … wie … wie kommst du denn hierher? Frau Fischer hat gesagt, sie haben dich zurück nach Albanien gebracht.“

Linus bleibt mit sicherem Abstand zu Merjem stehen. Eine Weile hört man nur ihren Atem, der sich langsam beruhigt. Dana zieht unauffällig die Luft ein. Merjem riecht ein bisschen nach ungewaschen.

„Hast du wenigstens was zu essen dabei?“ Merjems Stimme scheint von ganz unten aus der Jacke zu kommen, so leise ist sie.

Linus kippelt verlegen in seinen Schuhen.

Dana kramt aus ihrem Schulrucksack ihre Butterbrotdose heraus. Ein angebissenes Schinkenbrot liegt noch drin. Das kann sie doch Merjem nicht anbieten.

„Ich hab so Hunger“, murmelt Merjem.

Dana reicht Merjem die Dose.

Betreten schauen Dana und Linus zu, wie Merjem kurz prüft, was auf dem Brot drauf ist, den Schinken herunterzieht und ihn an den Kater verfüttert.

Dann sperrt sie den Mund soweit auf, als wollte sie das angebissene Brot auf einmal verschlucken, beißt aber nur ein kleines Stück ab, kaut ewig drauf rum, bevor sie es herunterschluckt.

Als sie endlich aufgegessen hat, dreht sie sich zu Linus um. Er weicht sicherheitshalber einen Schritt zurück. Wer weiß, ob sie nicht noch einmal loslegt, aber sie fragt nur leise: „Und das Handy?" Selbst ihrer Stimme ist die Kraft ausgegangen.

Linus deutet auf Dana. „Deswegen hab ich sie doch mitgebracht."

Merjem schaut Dana erwartungsvoll an.

Dana holt ihr Handy heraus. Es ist wirklich uralt. Das winzige Display hat einen Sprung, die beiden Hälften sind mit Lassoband zusammengeklebt und die Tasten so abgenutzt, dass man auf manchen die Ziffern kaum noch erkennen kann.

Merjem nimmt es mit spitzen Fingern.

„Kann man damit telefonieren?", erkundigt sie sich misstrauisch.

Dana zuckt die Schultern. „Aber sonst nichts, höchstens noch ein paar Spiele und Fotos."

Merjem verzieht das Gesicht. „Und dafür wolltest du Geld haben?"

Dana schaut Merjem entrüstet an. „Geld? Wieso denn Geld?"

Merjem fixiert Linus mit ihren dunklen Augen.

Linus kippelt in seinen Schuhen – Außenkante, Innenkante.

Dana betrachtet die beiden irritiert, doch dann begreift sie. Ein Todesverachtungsblick trifft Linus. „Die zehn Euro waren von Merjem???“

„Hab ich mir doch bloß geliehen, sie kriegt's ja wieder!“, versucht er sich zu verteidigen.

Danas Blick nagelt ihn an die weiße Wand des Umkleideraums. Er würde sich gerne wegdrehen, aber er kann sich nicht bewegen.

„Versprich's!“, fordert sie.

„Ich versprech's.“

Dana lässt nicht locker. „Wann?“, will sie wissen.

„Wenn ich das nächste Taschengeld kriege.“

Merjem hat das Handy in der Hand, mit dem Zeigefinger gibt sie eine Nummer ein. Sie presst das Handy so dicht an ihr Ohr, als wollte sie sich damit in das Telefon hineinsaugen. Einen Augenblick steht sie ganz still, horcht. Dann lässt sie das Handy sinken. Jetzt hören es Linus und Dana auch. Eine mechanische, weibliche Stimme verkündet:

„*Dieser Anschluss ist zur Zeit nicht erreichbar.*“

Noch mal, vielleicht hat sie sich verwählt, weil ihre Finger so zittern. So wie jetzt, statt der drei hat sie die sechs gedrückt. Sie gibt Dana das Handy. „Bitte, kannst du wählen?“ Sie diktiert Dana die Nummer.

Dana wählt, hält Merjem das Telefon ans Ohr.

„*Dieser Anschluss ist zur Zeit nicht erreichbar.*“

Dana lässt das Handy sinken.

„Sie sind weg!“, murmelt Merjem. „Sie sind zurück nach Tropoja, ohne mich.“

Sie setzt sich auf eine der Holzbänke. Linus und Dana stehen ratlos neben ihr.

„Willst du denn dahin, nach Tropoja?“, fragt Dana nach einer Weile.

Merjem zuckt die Schultern. „Ich kenn das doch gar nicht. Ich war sechs, als wir da weg sind. Ich weiß nicht mal genau, wo das ist.“ Sie schaut Dana mit Augen an, die vor Müdigkeit ganz klein aussehen. „Was soll ich denn jetzt machen?“

Dana setzt sich neben sie. „Alsoooooo“, sagt sie, und das ‚o‘ von dem also klingt, als wäre es eine Decke, die sie um Merjem legt, um sie zu wärmen. „Fassen wir mal zusammen: Erstens: Deine Eltern sind zurück nach Albanien. Zweitens: Du wohnst erstmal hier.“

Merjems Kopf bohrt sich wieder aus der Jacke.

„Drittens: Wir helfen dir.“ Dana deutet auf Linus und sich selbst. Linus nickt bestätigend.

Merjem blinzelt sie durch ihre Haarsträhnen an, die ihr schon wieder in die Augen fallen. Die dunklen Augen scheinen ein ganz klein wenig heller zu werden. „Und viertens, wir versprechen, niemandem, wirklich niemandem zu erzählen, dass du hier bist!“ Dana streckt ihre Hand aus. Linus ist ziemlich erleichtert, dass die zehn Euro kein Thema mehr sind. Er schlägt ein. Merjem legt ihre Hand oben drauf.

5.

Frau Fischer hat Arbeitsblätter verteilt. Es ist die letzte Chance, noch mehr über die Picknickgeschichte zu erfahren. Finn schiebt ihm sein Arbeitsblatt so rüber, dass er das Meiste lesen kann. Bei ‚Höhepunkt' hat Finn ‚Gewitter' geschrieben, Linus schreibt ‚Sturm mit Blitz und Donner'.

Es klopft an der Tür. Ohne ein Herein abzuwarten, wird sie aufgerissen.

Herr Karle schon wieder. Diesmal hat er einen Stapel Papier in der Hand. Er schaut sich in der Klasse um. „Oh, Entschuldigung“, er deutet sogar eine leichte Verbeugung an. „Wenn Sie eine Klassenarbeit schreiben, komme ich später noch mal wieder.“ Er will gehen, aber Frau Fischer hält ihn zurück. „Nein, die Arbeit schreiben wir erst morgen, was haben Sie denn da?“

Herr Karle hält eines der Blätter hoch, auf dem ein unscharfes Foto von Merjem zu sehen ist. Man kann sie zwar erkennen, aber nur an ihren langen Haaren, das Gesicht ist total unscharf.

„Sie wird von der Polizei gesucht!“, verkündet Herr Karle. „Wenn einer von euch irgendetwas weiß, was helfen kann, sie zu finden, dann soll er sich sofort beim Direktor melden.“

„Von der Polizei? Warum denn das?“, fragt Frau Fischer entsetzt.

Herr Karle lässt den Zeige- und Ringfinger seiner rechten Hand durch die Luft laufen.

„Sie hat sich verdünnisiert, als die Polizei ihre Familie abgeholt hat. Aber sie muss natürlich auch zurück in ihr Dorf. Wir können hier keine kriminellen Ausländer gebrauchen."

Er holt eine Rolle Tesafilm aus seinem Kittel, reißt vier Streifen ab und will den Flyer mit Merjems Foto an die Tür kleben. Mit drei Riesenschritten ist Frau Fischer bei ihm und reißt ihm das Papier aus der Hand.

„Was fällt Ihnen ein, Merjem ist noch ein Kind, man kann sie doch nicht suchen wie eine Verbrecherin."

Wütend knüllt sie den Flyer zusammen, bis er in ihrer Hand nur noch ein kleiner Papierball ist. Herr Karle schaut hochnäsig auf sie herunter. „Naja, an ihren Bruder werden Sie sich ja wohl noch erinnern, der hat geklaut wie'n Rabe."

Frau Fischer wirft den Papierball in den Papierkorb, stemmt die Fäuste in die Seiten und schaut Herrn Karle scharf an: „Erstens war ihr Bruder damals, soweit ich weiß, erst 16, also nur eingeschränkt strafmündig, also noch nicht kriminell, und zweitens, Herr Karle" – sie geht mit ausgestrecktem Zeigefinger auf ihn zu – „und zweitens, wenn ich noch einmal von Ihnen höre, dass Sie sagen, dass die Merjem oder ein anderer Schüler aus meiner Klasse kriminell ist, dann verklag ich Sie wegen Verleumdung!"

Herr Karle drückt seinen Stapel Flyer an die Brust, als hätte er Angst, dass Frau Fischer sie ihm auch noch wegreißen könnte. „Jetzt regen Sie sich mal nicht so auf, ich hab ja nicht gesagt, dass Ihre Kleeene kriminell ist, ich hab ja nur gesagt ..." Er drückt die Tür auf.

Linus' Blick bleibt unwillkürlich an Herrn Karles neuen Schuhen hängen: keine grau verkleckssten Basketballschuhe mehr an seinen Füßen wie vorgestern. Er hat auf glänzende hellbraune Halbschuhe gewechselt, die passen zu seinem grauen Kittel erst recht nicht.

Herr Karle ist stehengeblieben, Frau Fischer sieht ihn fragend an. „Was?"

„Es sind einfach viel zu viele, die hierher kommen. Das können Sie jeden Tag im Fernsehen sehen! So viele von denen können wir hier nicht gebrauchen", knurrt er trotzig und zieht eilig die Tür hinter sich zu.

In der Klasse bleibt alles still, nur paar Stühle ruckeln. Nicht nur Linus kann sich jetzt nicht mehr auf Deutsch konzentrieren. „Schreibt es zuhause zu Ende", seufzt Frau Fischer.

Die Arbeitsblätter verschwinden. Dana dreht sich zu Linus um. „... direkt im Umkleideraum", murmelt sie. Wir werden auf jeden Fall nichts sagen, liegt in ihrem Blick.

No way, bestätigt Linus.

„Hat jemand noch irgendeine Frage? – Dann ist jetzt noch eine Möglichkeit." Frau Fischers Blick bleibt an Linus hängen. Er tut so, als sei er nicht gemeint. Er kann ihr nicht sagen, dass er die Geschichte vom Picknick immer noch nicht ganz zuende gelesen hat. Sie würde einen Nervenzusammenbruch bekommen.

***

Merjem sitzt auf der Bank im Umkleideraum und isst mit ihrer sorgfältigen Kautechnik ein Wurstbrot, das heißt, die Wurst bekommt Hannibal, der erwartungsvoll um ihre Beine streicht.

Dana und Linus packen aus ihren Sporttaschen die Anziehsachen aus, die sie mitgebracht haben, und legen sie auf die Bänke. Als letztes stellt Dana eine Flasche Shampoo und ein Handtuch auf die Sachen.

„Das Wasser ist eiskalt“, bemerkt Merjem mit Blick auf das Shampoo.

„Vielleicht hast du es nicht lange genug laufen lassen.“ Dana dreht die Dusche auf.

Linus betrachtet die Flasche mit dem Shampoo. Er weiß, dass es wahrscheinlich nicht stimmt, aber irgendwie sieht die Flasche so als, als ob es ein Zeug ist, das man nicht so einfach im Supermarkt kaufen kann. Er wirft einen kurzen Blick hinüber zu Dana. Sie ist mit dem Prüfen der Wassertemperatur beschäftigt. Er schraubt die Kappe auf und riecht dran. Ganz anders als bei Dana in den Haaren. Eher aufdringlich. Man kann's wahrscheinlich doch im Supermarkt kaufen. Er schraubt die Flasche schnell wieder zu.

Merjem hat recht, das Wasser bleibt kalt, auch noch nach zehn Minuten.

Vielleicht werden drüben im Männerumkleideraum die Duschen warm.

Mit dem alten Schlüssel kriegt Linus den Männerumkleideraum aber nicht auf. Da ist ein richtiges modernes Sicherheitsschloss drin, das aussieht, als wäre es gerade erst eingebaut worden.

Oder man kann das warme Wasser irgendwo anstellen. Linus schaut sich im Vorraum um, entdeckt eine niedrige Tür, dahinter ist ein kleiner Raum, in dem Putzzeug steht. An der Wand hinter Besen und Schrubbern hängt ein Durchlauferhitzer mit einem Kippschalter: An / Aus. Er schaltet das Gerät ein.

„Versucht's jetzt noch mal!"

Dana dreht das Wasser wieder auf, hält wartend die Hand drunter und schickt ihm ein anerkennendes Lächeln. „Wird warm!"

Treffer. Er lächelt zurück, dann verlässt er den Umkleideraum. Hannibal kommt mit. Linus setzt sich auf den Holzsteg, direkt neben Herrn Karles Fußabdruck und krault dem Kater den Rücken. Er hört das Rauschen der Dusche und genießt die Sonne, die ihm ins Gesicht scheint.

Trotzdem hat er schon einen ziemlich kalten Hintern, als Dana endlich in der Tür erscheint und erklärt, dass er wieder reinkommen kann. Merjem steht in einer Jeans von Linus und einem Fleece-Pullover von Dana unter dem

Händetrockner und föhnt sich ihre Haare. Die Jeans ist ihr zu groß.

„Morgen kriegst du einen Gürtel von mir", verspricht Dana.

Merjem zieht Linus' Kapuzenpulli über den von Dana. Eigentlich würde sie es lieber umgekehrt machen, damit man die Sterne sieht, aber dazu ist Danas Pullover zu eng.

„Cool", sagt Linus, „du siehst aus wie ein Junge."

Merjem betrachtet sich im Spiegel.

„Wollen wir in die Stadt gehen?", schlägt Linus vor. „Da können wir uns im Einkaufscenter ein bisschen aufwärmen."

„Bist du bescheuert? Das ist viel zu gefährlich! Keine Ahnung, wo Herr Karle seine Flyer überall aufgehängt hat. An den Haaren kann Merjem doch jeder erkennen!"

„Dann müssen wir die Haare eben abschneiden", ranzt Linus zurück.

Merjem und Dana schauen ihn an, als hätte er ‚Ohren abschneiden' gesagt, nicht ‚Haare'.

„Dann erkennt dich kein Mensch mehr", verteidigt er seinen Vorschlag. „Da kann Herr Karle soviel Flyer aufhängen, wie er will."

Merjem zieht sich blitzschnell die Kapuze von Linus' Pulli über ihre Haare. „Was denn für ein Flyer?"

Linus holt den Zettel, den er vom schwarzen Brett abgerissen hat, aus der Hosentasche.

Von draußen nähert sich das Geräusch eines Autos.

Linus rennt zur Tür. Seine Hand tastet nach dem Schlüssel, er zieht ihn heraus, schließt die Tür von innen ab.

„Polizei?“ Merjems Stimme krächzt.

Linus schüttelt den Kopf. „Das ist das Auto von Herrn Karle!“

Der ist auch nicht viel besser als die Polizei.

Das Auto hält direkt vor dem Umkleideraum.

Linus schaut auf die Sachen, die kreuz und quer im Raum liegen. „Los, alles weg damit!“ Er packt seine Sporttasche, stopft sie hastig in einen der Metallschränke.

Auf dem Holzsteg schlurfen Schritte vorbei. Die Tür des Männerumkleideraums quietscht leise.

Ein schleifendes Geräusch, wie wenn Kisten über den Boden geschoben werden, dann das von einem Föhn oder etwas Ähnlichem.

„Komm, macht schon!“ Linus nimmt Merjems Schulrucksack, stellt ihn auf seine Sporttasche. Dann sammelt er das Laken und die Handtücher und den ganzen Kram ein, als Letztes auch noch Danas Sporttasche und Rucksack.

Erst jetzt fällt ihm auf, dass sie verschwunden ist.

„Dana?“

Keine Antwort.

Draußen hört man eine Autotür klappen, dann noch eine, ein Motor wird angelassen, und das Auto entfernt sich.

Linus schaut durch das Schlüsselloch. „Er ist weg!“, verkündet er.

Merjem klettert aus dem Schrank. Aus dem Vorraum hören sie das leise Klicken der Toilettenverriegelung. Dana erscheint in der Tür. Sie sieht ein bisschen blass aus. „Ich musste mal ganz dringend!“, entschuldigt sie sich.

Linus schaut sie spöttisch an. „Haste Schiss gehabt, was?“

Sie lässt sich neben Merjem auf die Holzbank fallen. „*Du* aber nicht, oder wie!“

Er grinst sie an. „Nö“, behauptet er frech, „vor Herrn Karle nicht.“

„Vor drei Tagen war das Auto auch schon mal hier, mitten in der Nacht!“, murmelt Merjem.

Linus schaut sie verblüfft an. „Herr Karle mitten in der Nacht?“

„Er ist auch in den anderen Umkleideraum gegangen, und es war auch so ein Geräusch, als ob er sich die Haare föhnt.“

„Warum kommt Herr Karle mitten in der Nacht in den Umkleideraum und föhnt sich die Haare?“

„Vielleicht musste er irgendwas reparieren“, sucht Dana nach einer Erklärung.

Linus geht raus auf den Holzsteg.

„Doch nicht mitten in der Nacht!“

Er rüttelt an der Tür vom Männerumkleideraum. Zu. Felsenfest.

Er schaut auf der Rückseite nach. Das Toilettenfenster steht auf Kippe. Aber durch den Spalt käme nicht mal Dana durch.

„Wenn man rein will, muss man entweder das Fenster kaputt machen oder durch die Tür mit einem Dietrich", sagt er, als er zurückkommt.

Dana zeigt ihm einen Vogel. „Du spielst zu viel GTA!"

Linus ballt die Faust. „Da ist was nicht sauber mit dem Karle, hundertpro, ich schwör's euch." Er wendet sich an Merjem. „Aber es ist wirklich besser, wenn wir dir die Haare abschneiden. Dann kann dich keiner mehr erkennen, auch nicht Herr Karle."

Merjem sagt nichts.

„Bei GTA wechseln sie auch die Klamotten und machen sich eine andere Frisur, wenn sie sich verstecken müssen!"

Dana zieht unschlüssig die Schultern hoch. Die langen Haare sind wirklich gefährlich. Vielleicht ist der Vorschlag von Linus doch nicht so schlecht. Merjem steht auf und holt die Papierschere aus ihrem Rucksack.

„Los!" Sie macht die Augen zu, zugucken will sie nicht.

„Haare schneiden kann ich nicht!" Linus gibt die Schere an Dana weiter.

Dana zögert. Merjems Haare sind schön, es dauert mindestens ein Jahr, um sie so lang zu kriegen.

„Schneid!", fordert Merjem sie auf.

Dana nimmt eine lange schwarze Strähne. Sie muss ein bisschen säbeln, die Schere ist nicht sehr scharf.

Merjem lauscht auf das Geräusch, wenn die Schere die Haare durchtrennt, manchmal spürt sie, wie eine Strähne beim Fallen an ihrem Gesicht vorbeistreicht.

Sie hält die Augen geschlossen. Sie sieht ihre Mutter vor sich. Ihre Mutter hat genau solche Haare wie sie. Wenn sie aus dem Haus gegangen ist, hat sie immer ein Kopftuch drüber gezogen. Aber zuhause haben sie manchmal zusammen vor dem Spiegel im Badezimmer gestanden und Frisuren ausprobiert: Seitenscheitel, Mittelscheitel, Pferdeschwanz, Zöpfe. Mit Zöpfen hat ihre Mutter ausgesehen wie die Zwillinge Elena und Helena. Einmal haben sie sich beide die Haare hochgesteckt. Sie spürt den warmen Atem ihrer Mutter und den Duft nach Zitrone und Mandeln.

Irgendwann macht Dana eine Pause. Merjem sieht aus, als hätte sich eine Ratte in die Haare verirrt und sie zur Hälfte abgefressen. Mal sind die Haare länger, mal kürzer, mal ganz kurz. Dana nimmt noch mal die Schere, versucht die längeren Haare zu kürzen, dabei bricht die Mittelschraube der Schere durch. Dana hält die beiden Scherenteile in der Hand.

Merjem öffnet die Augen. „Fertig?“, fragt sie und versucht das Ergebnis an Danas Augen abzulesen.

„Äh ...“ Dana schüttelt den Kopf und nickt zugleich, schaut hilfesuchend zu Linus hinüber, aber Linus weiß auch nicht, was sie jetzt machen sollen. Ehe sie Merjem davon abhalten können, rennt sie zum Spiegel.

Auweia. Linus zieht Luft ein.

Aus dem Toilettenraum kein Muckser.

Dana und Linus schauen sich an.

Stille, vollständig.

Linus und Dana halten den Atem an.

Dann eine Explosion, gleich darauf das Geräusch von Glassplittern, die auf Steinfliesen fallen.

Linus und Dana hasten zum Toilettenraum. Merjem mit dem Behälter der Klobürste in der Hand steht vor dem Spiegel, von dem nur noch ein paar Scherben im Rahmen hängen. Spiegelglassplitter sind über das Waschbecken und den Fußboden verteilt. Der Zorn macht ihre Augen schwarz wie Kohle, als sie zu Dana und Linus herüberschaut.

Die beiden schauen sich schuldbewusst an.

Dana will irgendetwas zur Entschuldigung sagen, aber die Haare sehen einfach zu schrecklich aus.

„Wir hätten vielleicht nach einer anderen Schere suchen sollen“, flüstert Linus.

Merjem dreht sich um, geht wortlos in den Umkleideraum, setzt die Kapuze von Linus' Pulli auf, zieht sie ganz fest, dass nur noch Augen, Mund und Nase herausschauen.

„Irgendwann wächst es ja wieder nach“, murmelt Linus. Es will Merjem trösten, aber angesichts der Zotteln auf Merjems Kopf klingt das ‚irgendwann‘ fast so wie ‚nie‘.

6.

Heute ist der Tag der Deutscharbeit. Im Prinzip wäre es besser, er würde einfach im Bett bleiben, aber dann hätte Merjem nichts zu essen. Linus kann nur hoffen, dass er so viel von Finn abschreiben kann, dass es für eine Vier reicht.

„Könntest du mir ein Ei kochen?“, bittet er seine Mutter, während er ein Brot dick mit Butter beschmiert.

„Ein Ei mit in die Schule?“ Katrin stellt erstaunt ihren Kaffee ab.

„Du sagst doch immer, ich soll was Vernünftiges essen.“

Katrin steigt über eine Tasche mit alten Zeitungen, holt ein Ei aus dem Kühlschrank und legt es in einen kleinen Topf mit Wasser. Linus schaut auf die Uhr. Halb acht. Wenn er sich beeilt, kann er sich die Geschichte zumindest noch mal von Merjem erzählen lassen. Sie ist total gut in Deutsch, sie schreibt immer Einsen und Zweien. Er stopft die Brote in seine Brotdose.

„Ich muss los!“

Jacke, Hausschlüssel, Rucksack.

„Tschüss Mama!“

„Es ist erst halb acht. Du hast mindestens noch eine Viertelstunde Zeit!“

Linus steht schon in der Haustür.

„Ich treff mich vor der Schule noch mit … mit Finn wegen der Deutscharbeit!“

Die Haustür fällt ins Schloss.

„Und was ist mit dem Ei", ruft ihm Katrin hinterher.

„Ich nehm's morgen mit!", brüllt er zurück.

Mit drei Sprüngen ist er die Treppe herunter.

Eine Tür wird aufgerissen. Wieder Frau Mayröcker im schwarz-goldenen Bademantel. „Was soll denn dieser Lärm am frühen Morgen, wir sind doch nicht bei den Hottentotten!"

„Schreib heute eine Deutscharbeit!" Von einer Rassistin lässt er sich nicht aufhalten.

„Deswegen musst du so einen Lärm machen?"

„Deswegen muss ich mich beeilen!"

***

Fünf Minuten später biegt er in den Weg zu den Tennisplätzen ein und klopft an die Tür des Umkleideraums. „Merjem?! Merjem, lass mich rein!", keucht er.

Das knirschende Geräusch des Schlüssels. Merjem hat immer noch die Kapuze des Kapuzenpullis so tief über dem Kopf zugezogen, dass man fast nur die Augen sieht.

„Bist du noch sauer?", erkundigt er sich.

Sie zuckt die Schultern. „Dana hat es ja nicht absichtlich gemacht."

Er streckt ihr seine Brotdose hin. Sie nimmt sie, holt sofort ein Brot heraus, prüft was drauf ist. Käse. Sie beißt ein kleines Stück ab.

Linus schaut zu, wie sie endlos kaut.

„Sag mal, diese Geschichte mit der Familie und dem Hund“, beginnt er gedehnt, „die hast du doch gelesen, oder?“

„Die, wo sie die ganze Zeit streiten, und dann fahren sie nach Hause und dann das mit dem Einbrecher und hinterher streiten sie nicht mehr?“

Linus nickt. „So ähnlich, ja. Kannst du mir vielleicht noch mal die wichtigsten Sachen erzählen, wir schreiben heute die Deutscharbeit.“

Merjem runzelt missbilligend die Stirn, fängt an zu erzählen, bricht aber nach drei Sätzen wieder ab.

„Du hörst ja gar nicht zu!“

Linus schaut sie mit echter Verzweiflung an.

„Die ist so langweilig, diese Scheißgeschichte“, murmelt er.

Merjem beißt von ihrem Brot ab.

„Soll ich für dich schreiben?“, fragt sie kauend.

Er schaut in ihre dunklen Augen. Meint sie das jetzt ernst?

* * *

Zur gleichen Zeit hievt Dana ihre schon wieder zum Platzen volle Sporttasche auf den Rücksitz des Autos.

„Hattet ihr nicht gestern erst Sport?“, erkundigt sich ihr Vater beim Einsteigen. Dana knallt die Tür zu, nutzt die Zeit des Einsteigens und Sich-Anschnallens, um nach einer Notlüge zu suchen.

„Wir haben nach der Schule ein Volleyballspiel gegen die Sieben.“

Er lässt den Motor an. „Deswegen die drei Schulbrote.“

Sie schielt zu ihm herüber. Glaubt er ihr jetzt, oder tut er nur so?

Schweigen im Auto.

Ihr schießt der Gedanke durch den Kopf, ihm von Merjem zu erzählen.

Sie spürt, wie der Blick ihres Vaters über sie hinwegscannt, bevor er wieder nach vorne schauen muss.

„Hör mal Papa ..."

„Ja?“

„Kannst du mir fünfzehn Euro geben, ich muss zum Friseur, die Spitzen ein bisschen abschneiden lassen, die sind schon ganz bröselig.“

„Du hast heute Klavierunterricht“, erinnert er sie.

Sie stöhnt leise auf. „Muss ich da echt immer noch hin?“

Niklas hält vor der Schule, direkt vor Leonie, die auf Dana wartet.

„Doch, musst du.“ Er gibt ihr einen Kuss auf die Nasenspitze. „Für Mama.“ Er schaut auf seine Termine. „Ich hol dich vom Friseur ab, okay?“

Dana müht sich ab, die schwere Sporttasche vom Rücksitz zu zerren. „Fass mal mit an“, fordert sie Leonie auf, wo sie doch schon mal da so rumsteht. Leonie greift nach einem Henkel. „Wozu hast du denn heute deine ...?“, weiter kommt sie nicht. Ein kleiner Tritt gegen ihr Schienbein verhindert das Ende der Frage. Dana schmeißt die Autotür zu.

„Viel Glück für die Deutscharbeit“, ruft Niklas, bevor er sich wieder in den Verkehr einfädelt.

Leonie reibt sich das Schienbein. Dana entschuldigt sich, obwohl sie bestimmt nicht sehr fest getreten hat. Sie tragen die Tasche zusammen zur Klasse.

„Ich übernachte das Wochenende bei meiner Oma, da sind ein paar Sachen dafür drin“, erklärt Dana.

„Ah.“ Leonie glaubt ihr kein Wort. Wenn das mit der Oma stimmen würde, hätte sie keinen Tritt gegen das Schienbein bekommen. Aber Geduld, sie wird schon noch rauskriegen, warum Dana sie anlügt.

„Warst du eigentlich mit Linus Eis essen?“, wechselt sie das Thema.

Dana antwortet nicht. Sie geht schneller, Leonie hat Mühe mitzuhalten.

„Warst du, oder warst du nicht“, insistiert Leonie.

Dana antwortet immer noch nicht.

„Also du warst“, schlussfolgert Leonie. „Hat er wirklich bezahlt, oder war der Zehneuroschein nur Spielgeld?“ Sie holt ihr Handy raus, macht ein Foto von Danas Sporttasche.

„Übrigens“, murmelt sie, „Jeremy ist gar nicht mehr mit Laura zusammen, das hat die nur erfunden. Ich hab den Beweis von Stefania.“

„Wer ist Stefania?“

„Ihre beste Freundin. Gewesen. Hier … gestern Nachmittag …"

Sie hält Dana das Display hin.

„Vor dem Cineplex, Stefania und Jeremy …"

Eine Hand legt sich auf ihre. Frau Fischer nimmt Leonie das Handy aus der Hand und lässt es in ihrer Aktentasche verschwinden.

„Du kannst es dir übermorgen wieder abholen." Leonie schaut sie fassungslos an.

„Wenn du es ganz dringend brauchst, kannst du es natürlich mit deiner Mutter zusammen heute Nachmittag bei mir abholen."

Leonie stöhnt auf. Frau Fischer weiß genau, dass Leonies Mutter das Handy nicht abholen kommen wird. Dazu hat sie gar keine Zeit.

***

Frau Fischer verteilt in der Klasse die Blätter mit den Aufgaben für die Deutscharbeit.

1. Schreibe die Geschichte „Picknick am Sonntagmorgen" in Stichpunkten auf.

2. Schreibe die Geschichte so, als ob sie von Lars oder Annika oder vom Hund erzählt wird. Verwende dazu deine Stichpunkte.

Linus hat die Hände auf den Bauch gelegt, sein Gesicht ist schmerzhaft verzogen.

„Ist dir nicht gut?", will Frau Fischer wissen.

„Ich hab ein bisschen Bauchschmerzen." Linus versucht seiner Stimme die richtige Tonlage zwischen Leiden und Tapferkeit zu geben.

„Willst du nach Hause gehen? Soll ich deiner Mutter Bescheid sagen?"

Linus schüttelt den Kopf. „Ich möchte die Arbeit lieber schreiben, ich habe gestern den ganzen Nachmittag geübt."

Dana dreht sich erstaunt zu ihm um. Linus grinst sie schwach an, nimmt das Aufgabenblatt von Frau Fischer entgegen, wartet bis sie sich umdreht, schreibt die Aufgabenstellung auf einen Schmierzettel ab.

***

Merjem betritt die Schule durch den Eingang neben der Sporthalle. Linus hat gesagt, sie soll hier langgehen, durch den Haupteingang ist es zu gefährlich. Sie hat ihren Rucksack auf, so als ob sie ganz normal in die Schule gehen würde, und die Kapuze von Linus' Pullover zugezogen.

Sie geht an einer Gruppe von Schülern vorbei, die am Getränkeautomaten herumhängen. Sie nehmen keine Notiz von ihr.

Obwohl sie den Gang hunderte Male lang gegangen ist, kommt er ihr heute fremd vor. Das Grün des Fußbodens ist anders, als sie es in Erinnerung hat. Und das Licht ist grauer, aber das kann auch an dem grauen Wetter draußen liegen.

***

Linus meldet sich. „Ich … muss mal auf Toilette." Frau Fischer schaut ihn so mitfühlend an, dass er ein bisschen rot wird.

„Willst du nicht doch lieber nach Hause, du kannst die Arbeit doch nachschreiben, wenn es dir besser geht."

Mit einer Hand auf den Bauch gepresst steht er auf. „Dann habe ich vielleicht schon alles wieder vergessen, was ich geübt habe." Schleppend verlässt er den Klassenraum.

Als die Tür hinter ihm geschlossen ist, sprintet er los, die Treppe herunter, durch die Pausenhalle, den Gang zur Sporthalle entlang, reißt die Tür zu den Jungentoiletten auf. „Merjem?"

Merjem schiebt den Riegel auf und nimmt den Zettel entgegen.

Linus rennt zurück in die Klasse.

Merjem zieht ihr Deutschbuch aus dem Rucksack und benutzt es als Unterlage. Welche Figur soll sie auswählen, um die Geschichte zu erzählen? Lars und Arnika sind langweilig, der Hund ist vielleicht nicht schlecht … oder … nein, sie hat eine bessere Idee.

Ein Junge kommt in den Toilettenraum. Unter dem Türschlitz kann sie seine weißen Turnschuhe sehen. Sie zieht ihre Füße hoch. Besser, wenn niemand sieht, das jemand Anfang November mit Crocs in die Schule kommt. Aber genau wie die am Automaten, bemerkt der Junge sie überhaupt nicht.

***

In der Klasse schreibt Linus Stichworte: Picknick, Streit, Gewitter, noch mehr Streit, Blitz und Donner …

Wie viel Zeit muss er Merjem noch lassen? Niemand in seiner Umgebung hat eine Uhr. Am liebsten würde er jetzt schon wieder runter zu den Toiletten laufen, aber das ist hundertpro noch zu früh. Er zwingt sich, irgendetwas auf seinen Schmierzettel zu kritzeln.

***

Merjem sucht andere Worte für grausam: brutal, eiskalt, gemein, fies, schmutzig, grässlich und zum Schluss noch gnadenlos fällt ihr ein. Sie verbraucht sie alle. Sie ist so konzentriert, dass sie Linus gar nicht kommen hört.

Er rüttelt an der Tür zum Toilettenraum. „Bist du fertig?"

„Fast!"

„Gib mir den Zettel, sonst schaff ich es nicht mehr abzuschreiben!"

„Ich hab das Ende noch nicht."

Erneut kommt ein Junge in den Toilettenraum, Linus stellt sich vor Merjem, um möglichst viel von ihr zu verdecken. Der Junge schaut kurz rüber, stellt sich seelenruhig vor das Becken und pinkelt.

Merjem schaut verlegen auf die weißen Fliesen.

Sie warten, bis der Junge die Toilette verlässt.

„Du musst noch den Schluss schreiben, der fehlt noch, hörst du?“ Merjem haspelt den Schluss der Geschichte wie ein Automat herunter, während sie ihm ein Stück im Gang entlang folgt: „Der Einbrecher hat keine Zeit gehabt, etwas zu klauen, nur das Fenster ist kaputt. Die Familie isst das übriggebliebene Picknick zum Abendbrot, und alle sind glücklich“, ruft sie ihm hinterher.

***

Frau Fischers besorgter Blick empfängt Linus in der Klasse. Er beruhigt sie. „Jetzt geht's mir besser, jetzt ist alles raus!“

Kurzer Blickwechsel mit Dana, er fühlt sich, als hätte er gerade bei den Olympischen Spielen eine Goldmedaille gewonnen. Er setzt sich auf seinen Platz, mogelt den Schmierzettel unter das Aufgabenblatt und fängt wie verrückt an abzuschreiben, was Merjem auf dem Zettel notiert hat.

Nach zwei Sätzen stockt er, da steht:

„Der Donner und ich versteckten uns hinter einer hässlichen Wolkendecke.“

Wer? Wer versteckt sich hier??? Linus bekommt Panik.

„Wir streiten uns immer, wer den Leuten mehr Angst macht. Heute Morgen war das Wetter noch schön, und deswegen würden sicherlich viele Leute an den See zum Picknicken kommen. Der brutale Donner und ich wetteten ..."

Ja super aber auch! Was ist das denn für eine Geschichte? Gut, das mit dem Picknicken kam vor, aber aus welcher Sicht soll das denn jetzt geschrieben sein?

Die ersten wollen abgeben, Frau Fischer sagt, sie sollen die Zeit nutzen und nach Fehlern gucken. Er hat höchstens noch zehn Minuten. No way, sich jetzt noch selbst was auszudenken. Mehr als eine sechs kann es nicht werden. Er schreibt weiter

„... der Donner und ich wetteten, wer von uns den Leuten am See mehr Angst machen kann, er mit seinem grausamen Knallen oder ich mit meinem gnadenlosen Licht. Ich wusste, dass ich die Wette gewinnen würde, ich gewinne immer ..."

Der Schulgong. Linus schreibt und schreibt. Frau Fischer sammelt die Arbeiten ein. Gleich wird sie vor ihm stehen. Gerade noch rechtzeitig versteckt er Merjems Zettel in seinem Ärmel, gibt sein Blatt ab. Frau Fischer geht zurück zu ihrem Pult, er lässt die Arme sinken, der Schmierzettel fällt aus seinem Ärmel, segelt Leonie vor die Füße.

„Hey, Linus, du hast da was ...“, setzt Leonie an. „Aua.“ – Schon wieder ein Tritt von Dana vor ihr Schienbein.

Frau Fischer schaut zu den beiden herüber.

„Sie tritt mich immer“, beschwert sich Leonie.

„Tschuldigung“, murmelt Dana.

Frau Fischer schaut Dana forschend an. „Was ist bloß heute mit euch los?“

„Vielleicht sind wir alle ein bisschen komisch, weil das mit Merjem passiert ist“, versucht Dana eine Erklärung zu geben.

Leonie zeigt ihr einen Vogel. „Bloß weil das mit Merjem passiert ist, brauchst du mich doch nicht dauernd gegen das Schienbein zu treten.“

„Bloß!?! Möchte mal sehen, was du machen würdest, wenn sie dich einfach mitten in der Nacht abholen und irgendwohin bringen, wo du überhaupt nicht hinwillst.“

***

Dana hat keine Schere mitgebracht. Mit den fünfzehn Euro von ihrem Vater schleppt sie Merjem zu einem richtigen Friseur. Sie kommen an den Schaufenstern vom Kaufparadies vorbei. Merjem richtet ihren Blick starr auf das Bürgersteigpflaster. Sie will ihr Spiegelbild nicht in den Scheiben sehen. Hinter ihr streiten Dana und Linus schon wieder.

„Und wenn sie *doch* jemand erkannt hätte?“ Dana ist wirklich wütend. Wie kann man nur so hirnverbrannt sein, Merjem in die Schule kommen zu lassen, wo überall die Flyer rumhängen.

„Die habe ich alle abgemacht, und so wie sie jetzt aussieht, erkennt sie sowieso keiner.“

Merjem wirft doch einen Blick in die Schaufenster. Sie will wissen, ob das stimmt. Hinter ihrem verschwommenen Spiegelbild entdeckt sie ein paar Schuhe. Eigentlich sind ein Paar Schuhe in einem Schaufenster nichts Besonderes, aber diese Schuhe schon. Es sind ein paar grüne, halbhohe Turnschuhe mit drei weißen Streifen. Sie sehen genau so aus, wie der grüne Schuh aus ihrem Traum, der, der auf dem Wasser geschaukelt hat und an dem sie sich festhalten wollte, bevor Linus sie geweckt hat.

Linus und Dana gehen hinter ihr vorbei, sie streiten immer noch.

„Nur weil du zu faul bist, mal selbst was zu lesen!“, faucht Dana ihn an. Linus weiß gar nicht, warum sie sich so aufregt? Er wird sowieso eine Fünf kriegen, wenn nicht eine Sechs. Merjem hat die Geschichte aus der Sicht des Blitzes erzählt, der alle Leute vom See verjagt. ‚Lars, Annika oder Hund‘ stand in der Aufgabe. Nicht ‚Blitz‘! Vielleicht ist durch die Kälte im Umkleideraum irgendetwas mit Merjems Gehirn passiert, dass sie auf so eine hirnentkernte Idee gekommen ist.

„Wenn du wenigstens mal deine Hausaufgaben machen würdest!“, schimpft Dana.

„Hatte gestern keine Zeit!“

Dana merkt erst jetzt, dass Merjem stehengeblieben ist. „Hey Merjem!“ Erschrocken presst sie die Lippen zusammen, schaut sich um. Aber niemand außer Merjem selbst scheint sie gehört zu haben.

Merjem wendet sich von den Schuhen ab. Fünfundfünfzig Euro kosten die. Selbst wenn Linus ihr ihre zehn Euro zurückgibt, die kann sie nie bezahlen. Sie hustet, es kommt nur ein trocknes Krächzen. Seit heute Nacht tut ihr die Brust weh. Wahrscheinlich wegen der ewig kalten Füße. Dana hat ihr zwei paar dicke Socken mitgebracht, aber sie kann nur ein Paar auf einmal anziehen, sonst sind ihr ihre Crocs zu eng.

***

Zu dritt betreten sie einen kleinen Friseurladen.

Eine sehr junge Friseurin mit zweifarbigen Haaren, oben blond und unten schwarz, legt Merjem einen Nylonumhang um.

Merjem starrt in den Spiegel. Jetzt kann sie sich gut sehen. Braune Augen mit schwarzen Ringen, umrandet von einer zugezogenen Kapuze. Die Augen erkennt man todsicher.

Dana schielt zu Linus herüber, Linus zieht ratlos die Schultern hoch.

Die Friseurin mit den zweifarbigen Haaren wartet kaugummi kauend, macht eine Blase. Über der Kasse tickt eine riesige eckige Uhr mit einem Zifferblatt aus Metall und langen dünnen Zeigern.

Die junge Friseurin lässt die Kaugummiblase platzen. „Also, wenn ich ihr die Haare schneiden soll, muss die Kapuze runter.“ Sie sagt es mehr zu Dana als zu Merjem.

Dana nickt, aber was soll sie machen? Sie kann doch nicht Merjem einfach die Kapuze runterziehen.

„Mer…“, Dana presst wieder die Lippen zusammen, stellt sich direkt hinter Merjem. „Du musst die Kapuze abziehen“, murmelt sie.

„Mach du“, flüstert Merjem mit geschlossenen Augen zurück.

Vorsichtig, als könnte sie ihr wehtun, löst Dana den Knoten unter Merjems Kinn, zieht die Kapuze zurück.

„Manomanoman!“ Selbst die Friseurin, die ja einiges gewöhnt ist, ist vom Anblick der verstoppelten Haare für einen Augenblick geschockt. Aber dann spuckt sie das Kaugummi zielsicher in einen Mülleimer und greift nach der Schere. „Mit Waschen?“, will sie von Dana wissen.

„Nee, nur nassmachen!“

Mit professionellem Scherenklappern macht sich die Friseurin an die Arbeit.

Linus verzieht sich in die Ecke mit den Comics und Zeitschriften, aber Dana bleibt neben Merjem stehen, schaut besorgt zu, wie ihre Haare noch kürzer werden. Die Friseurin nimmt den Rasierapparat. Dana versucht über den Spiegel Merjems Meinung einzuholen. Geht nicht. Merjems Augen bleiben zu. Der Rasierapparat summt an Merjems Ohr vorbei. Sie hält still.

Irgendwann ist die Friseurin fertig, kritisch betrachtet sie ihr Werk.

Ganz gleichmäßig ist es nicht geworden.

Sie schiebt das, was oben auf dem Kopf von Merjems Haaren noch übrig geblieben ist, in der Mitte zusammen.

„Könnt ich bunt machen“, schlägt sie vor.

„Willst du?“, fragt Dana.

Merjem guckt immer noch nicht hin. Dana dreht sich zu Linus um. Der liest. Also muss sie entscheiden. So eine bunte Strähne im Haar ist eine gute Tarnung. „Aber ich hab nur fünfzehn Euro dabei.“

Die Friseurin legt die Schere weg. „Okay, weil ihr es seid“, seufzt sie. „Blau oder grün?“

„Grün!“, krächzt Merjem und hustet.

Zehn Minuten später ist es soweit. Die Friseurin nimmt Merjem den Umhang ab. Merjem sitzt immer noch mit geschlossenen Augen da.

„Ich finde es sieht ziemlich gut aus, was meinst du, Linus?“

Linus schaut kurz auf.

„Jooo“, brummt er und vertieft sich wieder in den Comic.

„Du musst herkommen, sonst siehst du es doch nicht richtig!“

Widerwillig steht er auf. Danas Blick fordert ihn dazu auf, Begeisterung zu zeigen.

„Doch“, sagt er, „doch also, wenn man sich dran gewöhnt hat, also mal so ein Grün … würd ich auch gern mal probieren, … aber mit den langen Haaren fand ich … aua!“

Danas Tritt vor sein Schienbein bringt ihn zum Schweigen.

Merjem öffnet die Augen. Sie huschen hin und her über den Spiegel, tasten über die Haare mit der grünen Strähne.

Ihre Augen füllen sich mit Tränen. Erschrocken legt ihr die junge Friseurin den Umhang wieder an. „Findste die Strähne nicht gut, sollen wir die wieder wegmachen?"

Merjem schüttelt den Kopf.

Sie versucht, die Tränen einzuatmen. Es ist total peinlich, mitten in einem Friseurladen loszuheulen, wo an den Wänden Fotos von lauter coolen Typen und irrsinnig schönen Frauen hängen. Aber die ganzen Tränen, die vorher keinen Sinn hatten, wollen jetzt raus.

„Niemand mehr da", murmelt sie, als müsste sie sich selbst erklären, warum sie jetzt heult. „Meine Mutter und mein Vater – weg." Sie zeigt auf den Spiegel. „Und jetzt ich ...", ihre Stimme wird so leise, dass nur Dana, die direkt hinter ihr steht, sie hören kann, „ ... auch weg."

Die junge Friseurin schüttelt verständnislos den Kopf. Sie hat wirklich rausgeholt, was rauszuholen war. „Alle Mädchen werden dich total cool finden! Gerade weil's nicht so ist, wie alle es haben."

Dana zieht Merjem zu sich heran, Merjem lässt es zu, vergräbt ihren Kopf in Danas Seite. Dana kann den feinen Vanillegeruch von dem Wasser riechen, mit dem die Friseurin Merjem eingesprüht hat.

„Meine Mutter ist auch weg“, flüstert Dana Merjem ins Ohr. Sie muss aufpassen, dass sie nicht gleich mitheult.

Merjem schielt durch einen Schleier von Tränen zu ihr hoch. Sie weiß, dass Danas Mutter gestorben ist. Sie waren vor drei Jahren mit der ganzen Klasse auf der Beerdigung. Merjem streicht mit ihrem Ohr über Danas Hand, die auf ihrer Schulter liegt. Dana sieht ihre großen dunklen Augen im Spiegel. Da können ihre Haare aussehen wie sie wollen, an ihren Augen merkt man, dass Merjem ein Mädchen ist.

Linus ist aufgestanden. Zwei heulende Mädchen beim Friseur. Ja super aber auch! Seine Mutter heult auch manchmal, dann macht er ihr einen Tee mit Honig, dann hört sie meistens auf. Linus überlegt, ob er die Friseurin mal fragen soll, oft haben die ja in diesen Läden so Teemaschinen. Aber die ist jetzt mit einer anderen Kundin beschäftigt.

„Ich kenn meinen Vater gar nicht, hab den nie getroffen“, brummt er ersatzweise, „mein Onkel Gerald reicht mir völlig!“

***

Merjem, Linus und Dana verlassen den Laden. Zur Freude der Friseurin zieht Merjem die Kapuze nicht wieder über.

Zwanzig Meter weiter hat Niklas gerade seinen Wagen eingeparkt. Er ist ausgestiegen und winkt Dana zu.

„Mist, schon so spät?“

Die riesige Uhr im Friseurladen zeigt halb vier.

„Was machen wir jetzt?“ will Linus wissen. Er hat Danas Vater noch nicht bemerkt.

„Ich muss zum Klavierunterricht.“ Dana umarmt Merjem kurz. „Soll ich meinen Vater mal fragen, ob du bei uns wohnen kannst?“

Merjem schaut zu Danas Vater herüber, der mit verschränkten Armen neben seinem Auto steht. Dieser Mann sieht nicht so aus, als würde er einfach ein Mädchen, das er gar nicht kennt, bei sich wohnen lassen. Sie schüttelt den Kopf. Dana umarmt sie noch mal kurz, wendet sich an Linus. „Bringst du sie nach Hause?“

Linus runzelt die Stirn: „Nach Tropoja?“

„Quatsch! In den Umkleideraum.“

Von Ferne klopft Niklas mit dem Zeigefinger auf seine Armbanduhr.

Dana rennt los, kommt aber nach ein paar Schritten wieder zurück.

„Merjem ist *hier* zu Hause!“ Sie sagt es zu Linus, aber eigentlich will sie es Merjem erklären. „Nicht in … in …“, sie macht mit der Hand eine ausholende Geste, die beinahe in Linus' Gesicht gelandet wäre, „nicht in Tropoja, oder wie das heißt!“ Sie witscht über die Straße hinüber zum Auto.

***

„Wir kommen mal wieder zu spät“, stellt ihr Vater ärgerlich fest.

„Ist doch egal, zu dem doofen Klavierunterricht!“, denkt Dana, aber sie sagt es nicht laut. Wenn ihr Vater diesen Ärger in der Stimme hat, muss sie vorsichtig sein.

Sie beeilt sich einzusteigen, bemerkt nicht, dass er ihre Haare kritisch betrachtet, die natürlich noch genau so aussehen wie am Morgen.

Ohne das übliche „Wie war's in der Schule“ kurbelt er das Auto aus der Parklücke.

Dana schielt zu ihm herüber. Ist er wirklich sauer? Nur weil sie ein bisschen zu spät gekommen ist? Er kommt doch auch dauernd zu spät.

Niklas starrt stur geradeaus. „Erstens möchte ich, dass du pünktlich bist, wenn wir uns verabreden“, sagt er, als sie vor einer roten Ampel halten müssen. „Zweitens möchte ich nicht, dass du dich mit Jungs rumtreibst und drittens …“

„Der eine war Linus, den kennst du doch!“

„Und der andere, der mit dieser Strähne in den Haaren?“

„Das ist doch gar kein Junge, dass ist ein Mädchen“, rutscht es Dana raus.

Sie beißt sich auf die Zunge. Das hätte sie jetzt nicht sagen sollen. Aber dass ihr Vater meint, Merjem sei ein Junge, ist gut, denn das heißt, die Frisurveränderung funktioniert.

„Sie heißt Emilia“, erklärt sie ihrem Vater.

Niklas Blick bleibt argwöhnisch.

„Ihre Mutter hat ihr die Haare so schrecklich geschnitten, dass alle sie ausgelacht haben, und da habe ich sie zum Friseur eingeladen“, versucht sie ihn zu überzeugen.

Niklas seufzt nachdenklich. Aber ärgerlich ist er nicht mehr. Dana merkt es daran, dass seine Stimme jetzt ganz normal ist. „Sag mal, die Mutter von Linus, kennst du die eigentlich? Vielleicht könnten wir die beiden ja mal einladen, jetzt wo du und Linus Freunde seid?“, fragt er.

Dana denkt nach. Beim letzten Schulfest hat Linus' Mutter sich um ein Mädchen gekümmert, das fürchterlich geheult hat, weil ihre Eltern nicht gekommen waren. Aber sonst weiß sie nichts von ihr.

* * *

Auf dem Weg zurück zum Umkleideraum kommen Linus und Merjem an dem Supermarkt vorbei. „Ich muss was für Hannibal besorgen, sonst läuft er vielleicht wieder weg.“

Linus wühlt in seinen Taschen. Kein einziger Cent. Jetzt ärgert er sich doch ein bisschen darüber, dass er der Serviererin im Eissalon zu viel Trinkgeld gegeben hat.

„Geht Milch?“, fragt er.

Merjem nickt.

„Dann komm!“

Zielstrebig steuert er das Frischmilchregal an. Er sieht alle Flaschen durch, und findet schließlich, was er sucht.

„Die läuft heute ab!" In der hintersten Reihe hat er eine Flasche Vollmilch gefunden, zieht sie raus und marschiert damit nach vorne zur Kasse, Merjem hinter ihm her. Sie kommen am Wurst- und Käsestand vorbei. Die freundliche Verkäuferin bedient. Ihr Blick bleibt auf Merjem hängen, saugt sich an dem grünen Hahnenkamm fest. Merjem wirft einen sehnsüchtigen Blick auf die Auslage, reißt sich los. Wer weiß, ob hier nicht einer von diesen Flyern von Herrn Karle hängt.

Die Verkäuferin erkennt Merjem nicht, aber sie erkennt ihren sehnsüchtigen Blick.

„Haste Hunger, Jungchen."

Merjem nickt.

„Wurst oder Käse?"

„Käse", flüstert Merjem. Sie hat Angst, dass ihre richtige Stimme sie verraten könnte.

Die Verkäuferin schneidet ihr ein extra großes Stück Gouda ab. Merjem murmelt ein Dankeschön und rennt Linus nach zur Kasse.

„Für 50 Prozent kannst du sie haben, umsonst ist nicht!" Die Kassiererin hält mit beiden Händen die Milch so fest, als ob sie den Untergang des Supermarkts fürchtete, wenn sie sie hergäbe.

„Aber wenn sie abgelaufen ist, dürfen Sie sie gar nicht mehr verkaufen!", beharrt Linus.

„Geht es hier irgendwann noch mal weiter?“, schimpft ein Mann mit vollem Einkaufswagen hinter Linus.

Linus stellt sich breitbeinig in den Gang zwischen den beiden Kassen. Die Kassiererin steht auf, ohne den Mann zu beachten. Der Mann beugt sich über seinen vollen Einkaufswagen, erwischt sie an ihrem weißen Kittel. „Wo gehen Sie denn jetzt hin?“

„Ich hole unseren Geschäftsführer!“

Der Mann stöhnt auf. „Was soll denn die Milch kosten?“, erkundigt er sich.

„Die 50 Prozent halt!“ Die Kassiererin zerrt an ihrem Kittel, aber der Mann hält sie fest. Er wendet sich an Linus.

„Also wieviel?“

Linus schweigt verlegen, obwohl er das mit 50 Prozent eigentlich ausrechnen könnte, aber nicht aus heiterem Himmel.

„55 Cent“, kommt ihm Merjem zur Hilfe.

Der Mann lässt die Kassiererin los. „Tun Sie's bei mir mit drauf“, knurrt er.

***

„Den Rest kann ich auch allein gehen.“ Merjem und Linus stehen vor dem Supermarkt. Merjem hat sich die Ärmel der Jacke über die Hände gezogen, damit die Milchflasche sie nicht noch kälter macht, als sie sowieso schon sind. Linus merkt an dem „auch“, dass sie es doch schöner fände, wenn er mitkommt, und er muss sowieso noch sein Fahrrad von der Schule abholen.

Autos mit aufgeblendetem Licht donnern vorbei. Linus überlegt, ob er Merjem fragen soll, warum sie den Blödsinn mit dem Blitz geschrieben hat, aber eigentlich ist es auch egal. Wenn er es allein geschrieben hätte, hätte er auch eine Fünf bekommen. Es gibt etwas anderes, was er Merjem die ganze Zeit schon fragen wollte. „Warum gibst du eigentlich immer Hannibal die ganze Wurst und sogar den gekochten Schinken? Magst du das nicht?"

Sie zuckt die Schultern, ohne zu antworten.

„Sag!"

„Wir sind Moslems."

Er runzelt die Stirn. „Und Moslems essen kein Schweinefleisch?"

Sie schüttelt den Kopf.

„Seid ihr Vegetarier?"

Ein blauer SUV donnert an ihnen vorbei.

„Mein Onkel ist nämlich einer, seit einem Jahr, und jedes Mal wenn er zum Essen kommt, dann gibt's nur Gemüse und so'n Zeug."

Merjem zieht die kalte Luft ein. Sie sagt nicht gern, dass sie Moslem ist. Neulich hat sie mal jemand gefragt, ob ihr Bruder jetzt für den Dschihad kämpft.

„Wir essen alles", erklärt sie Linus, „nur kein Schwein."

„Warum denn das?"

Merjem zuckt die Schultern. „Ist eben so!"

Fünfzig Meter vor ihnen bremst der blaue SUV quietschend ab, setzt zurück, biegt in den Feldweg ein, der zu den Tennisplätzen führt. Die Scheinwerfer ruckeln an Brombeergestrüpp vorbei, streifen den hohen grünen Zaun, bleiben auf dem Umkleideraum hängen. Kurz wird der Kombi von Herrn Karle sichtbar, ehe das Licht ausgeschaltet wird. Merjem schaut Linus verstört an. Hat Herr Karle ihr Versteck entdeckt? Hat er die Polizei gerufen?

„Das ist nicht die Polizei! Die fahren nicht mit so einem Auto durch die Gegend." Linus sagt das vor allem, um Merjem zu beruhigen. „Bleib du hier und versteck dich!", flüstert er, obwohl man ihn bis zum Umkleideraum bestimmt nicht hören kann. „Ich versuch, rauszukriegen, wer das ist."

Er hält sich dicht an das Brombeergestrüpp, wirft sich auf den Bauch, robbt hinüber, bis zu dem grünen Zaun. Von dort hört er die Stimme von Herrn Karle, aber er kann nicht verstehen, was er sagt. Er muss näher heran. Meter um Meter schiebt er sich vor.

Die Tür des Männerumkleideraums steht auf. Herr Karle kommt mit einer Sackkarre heraus, auf der Sackkarre ein Stapel mit mindestens zehn Kartons. Herr Karle reicht sie von dem Holzsteg herunter, ein Mann in dunklem Anzug und Bürstenhaaren und roter Brille nimmt sie entgegen.

Herr Karle verschwindet wieder im Umkleideraum.

Der Typ mit dem Bürstenhaarschnitt ist damit beschäftigt, die Kartons im SUV zu verstauen.

Linus huscht zu einer Übungswand hinüber, die an der kurzen Seite der Tennisplätze steht. Jetzt sind es keine zwanzig Meter mehr bis zum Umkleideraum.

Herr Karle erscheint erneut mit einem Stapel Kartons. Als er die Sackkarre vor dem SUV aufrichtet, rutschen die obersten Kartons herunter, bunte Turnschuhe verteilen sich auf den Holzsteg. Fluchend macht Herr Karle sich daran, sie wieder einzusammeln.

Hinter Linus ein Geräusch. Eine Hand legt sich auf seine Schulter.

„Ich hab's an der Straße nicht mehr ausgehalten“, flüstert Merjem.

Linus atmet durch. „Das wär jetzt fast ein Tod durch Herzstillstand geworden“, murmelt er.

Herr Karle und der Typ mit dem Bürstenhaarschnitt haben alle Schuhe wieder aufgesammelt.

Herr Karle schließt den Umkleideraum ab, der SUV wendet, ruckelt den Feldweg zur Straße herauf. Linus und Merjem ducken sich hinter die Übungswand. Herr Karle schaut sich prüfend um, entdeckt Hannibal, der auf dem Holzsteg springt. Herr Karle kickt einen Stein nach ihm. Hannibal miaut empört.

* * *

Sie warten, bis auch der Kombi von Herrn Karle nicht mehr zu sehen ist.

Linus holt den Schlüssel aus dem Kabuff. Hannibal witscht über den Holzsteg, mit erhobenem Schwanz marschiert er in den Umkleideraum, als hätte er die ganze Zeit auf sie gewartet.

Merjem gießt ihm einen Teil der Milch in den alten Turnschuh, trinkt selbst ein paar Schlucke, reicht die Flasche zu Linus herüber.

Linus lässt sich auf die Bank fallen.

„Ich hab's gewusst!", sagt er, „ich hab's gewusst, dass der Karle nicht sauber ist!" Er gibt Merjem die Flasche zurück. „Der macht irgendwelche krummen Geschäfte mit den Schuhen, ich schwör's dir!"

Merjem holt zwei belegte Brote aus dem Metallschrank. Die Milch hat nicht viel ausgerichtet gegen den Hunger, den sie schon wieder hat. Sie bietet Linus eins an.

Linus schüttelt den Kopf, er will Merjem nichts wegessen.

Merjem packt das Brot aus. Gekochter Schinken. Hannibal streicht interessiert um ihre Beine, er hat die Milch schon ausgetrunken. Sie zieht den Schinken heraus. Linus schaut zu, wie Merjem dem Kater den Schinken vor die Nase hält. Zack – er haut seine spitzen Zähne hinein, kaut. Der Schinken ist weg.

„Ich frag meine Mutter mal, ob sie Huhn machen kann, dann bring ich dir was mit", verspricht er.

7.

Frau Fischer hat die Arbeiten schon korrigiert. Linus' Arbeit ist die oberste, er kann es an der Schrift erkennen. Ansonsten sieht er ziemlich viel rot. Aber das ist nichts Besonderes, in seinen Arbeiten ist immer ziemlich viel rot. Frau Fischer reicht ihm sein Blatt.

„Wenn du nicht so viele Rechtschreibefehler gemacht hättest und der Schluss nicht so kurz gewesen wäre, wäre es eine glatte Zwei geworden."

Linus starrt sie mit offenem Mund an.

„Die Geschichte aus der Perspektive des Blitzes zu erzählen, ist wirklich eine tolle Idee."

Frau Fischer gibt Finn seine Arbeit. Er hat eine Zwei wie immer.

Linus klappt den Mund wieder zu. Sagen kann er nichts. Muss er ja auch nicht. Eine Zwei minus. Er hat noch nie eine Zwei minus in Deutsch geschrieben. Seine Mutter wird total aus dem Häuschen sein.

Dana dreht sich zu ihm um, grinst ihn spöttisch an. Er grinst zurück. Sie soll bloß nicht neidisch sein. Sie hat nämlich nur eine Drei.

Frau Fischer hat alle Arbeiten verteilt. „Okay, dann erzähl uns doch mal, was ein Kukuth ist", fordert sie Linus auf.

Ganz schwach erinnert er sich an dieses Wort, das er von Merjems Zettel abgeschrieben hat. Das mit dem Blitz war schon so total strange, aber dass sie dem auch noch einen Namen gegeben hat? Ein Blitz mit Namen! Kukuth, hört sich an wie eine Figur aus einem Videospiel, aber welche? Oder hat er das vielleicht von ihrem Schmierzettel falsch abgelesen?

Wenn Leonie Verzweiflung fotografieren wollte, jetzt könnte sie. Aber sie hat ihr Handy noch nicht wieder zurückgekriegt. Er kann noch nicht einmal hoffen, dass ihm jemand irgendetwas vorsagt, Merjem ist ja nicht hier. Er geht alle Möglichkeiten durch: noch mal Bauchschmerzen – zu dämlich. Einfach raus rennen – zu peinlich. Und sich aus dem Fenster stürzen – tut zu weh. Das Ergebnis: Es gibt keine Möglichkeit. Die Katastrophe ist unausweichlich.

Okay, man muss auch mal verlieren können.

„Ein Kukuth also …“, stottert Linus. „Ich meine …“, er holt aus, um Zeit zu gewinnen, „die Familie rennt ja vor dem Gewitter weg. Sie hat Angst …“

Er macht eine bedeutungsvolle Pause, fängt an zu schwitzen.

Frau Fischer sieht ihn erwartungsvoll an.

„Kann ich das Fenster ein bisschen aufmachen?“, bittet er.

Sie nickt.

Die kalte Luft, die hereinkommt, hilft ihm aber auch nicht weiter.

Es klopft an der Tür, laut und kräftig.

Schon wieder Herr Karle? Aber die Tür wird nicht aufgerissen, sondern der Klopfer wartet das „Herein!" von Frau Fischer ab.

Herr Baumann, der Schulrektor, betritt die Klasse. Ob er einen Augenblick stören darf, fragt er höflich. Er will mit der Klasse über Merjem sprechen. Sie und ihre Familie sind leider abgeschoben worden, teilt er der Klasse mit. In seinem Gesicht kann man nicht sehen, ob er das „leider" ernst meint oder ob es ihm in Wirklichkeit egal ist.

„Was bedeutet denn Abschiebung?" fragt er in die Klasse.

Keiner sagt was, obwohl jetzt selbst Helena und Elena wissen, was das ist. Der Direktor muss die Frage selbst beantworten.

„Ihr wisst ja vielleicht, dass in der letzten Zeit sehr viele Menschen nach Deutschland kommen, weil dort, wo sie wohnen, Krieg herrscht?"

Das ist jetzt keine wirkliche Frage, er redet gleich weiter. „Aber viele Ausländer kommen auch hier her, weil sie denken, dass Deutschland ein Schlaraffenland ist, wo es für jeden Arbeit gibt. Das ist aber leider nicht so. Die Leute aus dem Kosovo und Albanien müssen jetzt den Leuten, die aus Syrien kommen, Platz machen."

„Aber Merjems Eltern leben seit sechs Jahren hier ...", wirft Frau Fischer ein.

Elena meldet sich. „Was ist ein Giraffenland?", will sie wissen.

Die ganze Klasse lacht, am lautesten ihre Schwester. „Nicht Giraffenland, Schlaraffenland“, trötet Helena in die Klasse.

„Und was ist ein Schlaraffenland?“ Elena verzieht keine Miene. Wie jemand, der aus dem Fenster gefallen ist, wieder hoch läuft und noch mal springt, damit alle denken, beim ersten Mal wäre es auch Absicht gewesen.

Herr Baumann macht mit beiden Händen ein Zeichen, dass die Klasse leise sein soll, weil ein paar immer noch lachen.

„Ein Schlaraffenland, das ist ein Land, in dem es allen Leuten gut geht. Es gibt keinen Hunger, keinen Krieg, keine Krankheiten, und niemand ist arm. Aber so ein Land gibt es leider nur im Märchen.“

Die Schulglocke klingelt. Linus packt seine Arbeit in seinen Rucksack. Er hat ein bisschen Angst, Frau Fischer könnte sie ihm wieder wegnehmen und doch noch eine Fünf drunter schreiben.

„Habt ihr noch irgendwelche Fragen?“ erkundigt sich der Direktor.

Hat keiner, und wenn, würden sie Frau Fischer fragen und nicht ihn.

***

„Was ist ein Kukuth?“

Linus, Dana und Merjem sitzen auf den Bänken der Umkleideräume.

Sie haben alles aufgegessen, nur noch ein paar Eierschalen liegen in der Brotdose von Linus.

Merjem grinst Linus an, zuckt mit den Schultern.

Was grinst sie denn jetzt so blöd? Okay, die Zwei minus hat er ihr zu verdanken. Aber musste sie denn unbedingt so was Kompliziertes von einem Blitz schreiben, der Kukuth heißt?

„Kannst dir doch selber auch mal was ausdenken." Dana greift in ihren Rucksack, zieht eine Tafel Schokolade raus, Vollmilch-Nuss, bricht sie in drei Teile, hält sie Linus hin. Er hat jetzt aber keine Lust auf Schokolade.

Merjem hustet, dass einem beim bloßen Zuhören die Brust wehtut.

„Du musst unbedingt mit heißem Dampf inhalieren, ich bring morgen einen Tauchsieder mit", verspricht Dana und reicht die Schokolade an Merjem weiter. Merjem bricht sich ein kleines Stück ab.

Linus will ausprobieren, ob er das Kippfenster im Männerumkleideraum aufbekommt. Er hat nachgeschaut, das Sicherheitsschloss der Tür kriegt man nur mit Profiwerkzeug auf, aber auf YouTube gab's eine Anleitung, wie man ein Kippfenster mit Bindfaden und Klorolle öffnen kann. Dana ist dagegen. „Wenn die gestern die Schuhe abgeholt haben, ist da doch gar nichts mehr drin!"

„Vielleicht haben sie irgendwas vergessen, und wir können ein Foto machen, dann haben wir einen richtigen Beweis."

Von draußen das Geräusch eines Autos. Es hält, der Motor wird ausgemacht. Linus rennt zur Tür, schaut durch das Schlüsselloch. Es ist wieder Herr Karle. Er geht auf einen der Tennisplätze, fummelt an den Netzen herum.

„Lass uns die Sachen in die Schränke räumen.“ Dana nimmt die Rucksäcke, Merjem knüllt das Laken zusammen, Linus bleibt auf seinem Wachposten am Schlüsselloch. Er dreht sich zu ihnen um. „Scheiße, er kommt!“

„Schließ ab!“, zischt Dana ihm zu, Panik in der Stimme. Linus dreht den Schlüssel um. Schon sind die schweren Schritte des Hausmeisters auf dem Holzsteg zu hören, dann ein schleifendes Geräusch direkt vor der Tür.

Die Schritte entfernen sich wieder. Er wird den Schlüssel im Kabuff suchen. Aber der Schlüssel ist nicht im Kabuff, Linus hat ihn aus dem Schloss gezogen. Jetzt liegt er in seiner Hand, als würde er hundert Kilo wiegen. Mit angehaltenem Atem lauschen sie nach draußen.

Es bleibt still, nur von der großen Straße hört man ab und zu das Vorbeirauschen eines Autos. Linus schaut wieder durch das Schlüsselloch. „Er macht das zweite Netz ab.“

Er denkt nach. Er muss jetzt cool bleiben. Als ob er GTA spielt. Als ob er mit dem Bungee-Seil aus dem Hubschrauber springt.

„Los, raus, durchs Fenster!“ Er schiebt Merjem, die schon wieder zittert wie Espenlaub, in Richtung Toilette. Sie steigt auf die Klobrille, dann auf Linus' Schultern, damit es schneller geht, zwängt sich durch das Gitter, in weniger als einer Minute steht sie draußen.

Dana bleibt auf der Klobrille stehen.

„Und du?“

„Ich versteck mich in einem von den Schränken! Los beeilt euch!“

Dana hangelt sich durch das Fensterkreuz, fängt den Schlüssel auf, den Linus hinunterwirft. Zusammen mit Merjem erreicht sie die Hecke, die das Tennisgelände umgibt. Merjem schmeißt sich in das nasse Gras, ihr Atem rasselt wie eine alte Eisenkette. Dana würde sich am liebsten neben sie legen, aber sie muss den Schlüssel in das Kabuff hängen. Wenn der Schlüssel da nicht hängt, wird Herr Karle auf jeden Fall misstrauisch werden.

Der Hausmeister schlurft mit dem zweiten Netz zur Umkleide. Von dort aus kann er das Kabuff nicht sehen.

„Los, Dana lauf!“, befiehlt sie sich selbst. Es ist wie im Sommer im Schwimmbad vom Dreimeterbrett springen. Nicht nachdenken, einfach springen!

Sie läuft los, die Augen auf das Kabuff gerichtet. Nicht zum Umkleideraum gucken! Wenn Herr Karle zu früh um die Ecke kommt, kann sie sowieso nichts mehr machen.

Ihre Hand tastet nach dem Haken, sie spürt nur das raue Holz der Bretterwand. Soll sie den Schlüssel einfach auf den Boden schmeißen? Aber wenn Herr Karle ihn dann nicht sieht? Da! Da ist der Haken!

Der Schlüssel hängt.

Dana dreht sich um. Wenn jetzt Herr Karle schon um die Ecke des Umkleideraums gekommen ist, wird sie ohnmächtig.

Sie hört seine schweren Schritte auf dem Holzsteg.

Sie rennt, fliegt mehr, als dass sie rennt

Sie erreicht die Hecke, wirft sich neben Merjem. Merjem hat das Gesicht im Gras vergraben und die Hände über den Kopf gelegt. Erst als Dana neben ihr liegt, hat sie den Mut hochzugucken. Durch die unteren Äste der Hecke beobachten sie, wie der Hausmeister zu dem Kabuff herüber geht und nach dem Schlüssel angelt.

Dana greift nach Merjems Hand, drückt sie ganz fest in ihre. „Hier kann dir nichts passieren!“, flüstert sie. Merjem drückt so fest zurück, dass es wehtun müsste, aber es tut nicht weh. Es tut gut, etwas anderes zu spüren als Angst.

„Aber wenn Herr Karle Linus findet?“, quetscht Merjem durch einen unterdrückten Huster.

***

Linus hört das Geräusch des Schlüssels. Dann die Schritte des Hausmeisters, die in den Toilettenraum gehen, das Schleifen des Netzes, dann seine Stimme, mehr erstaunt als wütend.

„Was zum Teufel … wie ist das denn passiert?“

Das Klirren der Spiegelscherben, auf die Herr Karle tritt.

Mist, die hätten sie wegräumen sollen.

Die Schritte nähern sich dem Umkleideraum.

Linus drückt seine Schultern an die Rückwand des Metallschranks. Er darf sich jetzt nicht bewegen, wenn er sich bewegt, macht er Geräusche.

Durch die Luftschlitze des Spinds sieht er den Hausmeister in der Tür stehen. Herrn Karles Blick wandert durch den Raum.

Linus hält den Atem an. Es ist nicht gut, den Atem anzuhalten, dann macht es beim Ausatmen ein Geräusch, wenn man wieder anfängt zu atmen. Vorsichtig lässt er die Luft aus seinen Lungen, atmet ein, aus, ein. Kein Geräusch.

Herr Karle kommt herein, schaut hinter der Tür nach. Dann macht er mit seinen langen Beinen einen einzigen Riesenschritt. Mit einem Ruck zieht er die Tür eines Metallschranks auf.

Der Schrank ist leer.

Die Metalltüren hauen gegen die Rahmen. Er kommt dem Schrank, in dem Linus sich versteckt hat, immer näher. Linus überlegt, ob er aus dem Schrank springen soll – und dann vorbei an Herrn Karle zur Tür.

Herrn Karles Handy klingelt. Mit der einen Hand holt er das Telefon aus seiner Jacke.

„Hallo."

Mit der anderen zieht er den Schrank neben Linus auf. „Dienstag? Ja, Dienstag ist okay", schnauft er. Auch der Schrank ist leer.

Wieder die Stimme aus dem Handy.

Herr Karle sieht so aus, als würde er gleich in sein Handy beißen.

„Seid ihr verrückt geworden?“ Er knallt die Schranktür neben Linus zu. „Doch nicht am helllichten Tag, wenn jeder von der Straße uns sehen kann! Kann ich ja gleich ne Einladung an die Bullen verschicken!“

Herrn Karles Hand an der Tür von Linus' Schrank.

„Früher Abend. Gut, von mir aus. Hauptsache, es ist dunkel!“ Er steckt das Handy weg. „Idioten!“ knurrt er.

***

Dana und Merjem beobachten, wie Herr Karle zurück zu seinem Auto stapft. Die Tür klappt zu, der Motor wird angelassen, das Auto entfernt sich. Dana lässt Merjems Hand los.

„Siehste, alles gut gegangen!“

Dana zieht Merjem hoch, zusammen rennen sie rüber zu den Umkleiden.

„Linus?“

„Hmm“, kommt es von drinnen undeutlich.

Dana stößt die Tür auf.

Linus sitzt mitten im Raum auf der Holzbank und schiebt sich gerade den letzten Riegel Schokolade in den Mund.

„Hey!“, schimpft Dana, „die war doch nicht für dich allein!“

„Sorry“, grinst er, „aber ich brauchte jetzt ein bisschen Nervennahrung!“

Die Milchschokolade ist in seinem Mund von den Nüssen herunter geschmolzen, seine Zähne zerknurpsen die Nüsse. „Der Karle hat mit den Leuten telefoniert, die die Schuhe bringen. Dienstag kommen die wieder. Aber dann machen wir Fotos!“

***

Linus' Fahrrad holpert über den Feldweg, dann die Straße entlang bis zur Bushaltestelle.

„Lange kann Merjem da nicht mehr wohnen!“ Dana springt vom Gepäckträger.

„Hast du eine Idee, wo sie hinkönnte?“

Der Bus kommt.

„Soll ich mal mit meinem Vater sprechen?“

Linus ist sich nicht sicher. Kann man Erwachsenen vertrauen? Dana steigt ein. Der Bus will losfahren, sie drängelt sich durch die Fahrgäste zur hinteren Tür, drückt auf Stopp.

„Bitte, ich hab was vergessen“, ruft sie dem Busfahrer zu.

Die Tür öffnet sich zischend.

„Los! Lass uns noch einmal zurückfahren!“

***

Merjem hört die Schritte auf dem Holzsteg, aber ehe sie auch nur darüber nachdenken kann, sich zu verstecken, erkennt sie Danas Stimme. Sie rennt zur Tür.

Linus deutet auf Dana. „Sie hat was vergessen, ich bin nur ihr Taxifahrer."

Dana kramt in ihrem Rucksack, fischt ihr Handy heraus, hält Merjem das mit Lassoband zusammengehaltene Teil mit den durchscheinenden Tasten vor die Nase. „Wenn irgendetwas ist, dann rufst du mich an, ja?"

Sie zeigt Merjem, welche Taste sie drücken muss. Merjem nimmt das Telefon. Ganz hinten in ihren Augen zieht ein Leuchten auf, als hätte jemand eine Kerze angezündet.

***

Merjem lauscht dem Klappern von Linus' Fahrrad hinterher. Dann setzt sie sich auf das zusammengefaltete blaue Laken. Null, Eins, Sieben, Drei ... Ganz vorsichtig drückt sie die Zahlen, sie hat immer ein bisschen Angst, dass Danas Handy auseinander fällt, wenn sie es anfasst. Acht, neun, drei ... vier-fünf-fünf-sechs ... Sie zögert einen Moment, bevor sie die grüne Taste drückt. Diesmal hält sie das Telefon ein bisschen weg von ihrem Ohr, als könnte die Luft zwischen dem Ohr und dem Telefon sie schützen.

„*Dieser Anschluss ist zur Zeit nicht erreichbar.*" Die Luft hat nichts genutzt. Es tut genau so weh, wie beim ersten Mal. Vielleicht sogar noch mehr. Sie hustet, ein trockner Husten, der von innen die Brust aufschürft wie

Asphalt die Haut, wenn man mit dem Fahrrad hinfällt. Und sie hat eiskalte Füße.

Vorsichtig drückt sie die Klinke herunter.

Sie öffnet die Tür, aber nur einen winzigen Spalt.

Sie duckt sich, ein Gefühl, als würde jeder Schlag an der Haustür sie in den Magen treffen.

Sie haben jetzt zwanzig Minuten Zeit, packen Sie Ihre Sachen!

Hannibal springt auf ihren Bauch. Ihre Finger furchen durch sein Fell, Hannibal schnurrt zufrieden.

8.

Linus will auf dem Weg zur Schule bei Merjem vorbeischauen und ihr etwas zu essen bringen. Außerdem weiß er immer noch nicht, was ein Kukuth ist.

Er klopft an der Tür des Umkleideraums. „Merjem, ich bin's!“

Ein unterdrücktes Husten. Der schwere Schlüssel dreht sich im Schloss. Die Tür des Umkleideraums öffnet sich einen Spalt. Merjem hat Linus' Kapuzenpulli an, darüber die blaue Skijacke und darüber Danas Decke. Sie sieht aus wie ein seltsames Tier, das seine Höhle mit sich rumschleppt.

„Musst du nicht in die Schule?“, will sie wissen.

„Ist noch ein bisschen Zeit.“

Auf dem Boden liegen Merjems Atlas und ein Lineal.

„Machst du Schularbeiten?"

Sie schüttelt den Kopf. „Ich habe nachgemessen, wie weit es bis nach Tropoja ist." Sie zeigt auf die aufgeschlagene Europakarte. „Hier sind wir." Etwas unterhalb von Berlin hat sie einen Punkt eingezeichnet. „Und hier ist Tropoja." Tropoja liegt ganz im Norden von Albanien, direkt an der Grenze zum Kosovo. Sie legt das Lineal an die beiden Punkte. „6,7 Zentimeter", stellt sie fest.

Linus grinst sie an. „Können wir mit dem Fahrrad hinfahren."

Sie schaut ihn so ernst an, dass sein Grinsen in den Mundwinkeln hängen bleibt.

„1 Zentimeter sind 200 Kilometer in Wirklichkeit, mal 6,7 sind 1340 Kilometer!"

„War heute Nacht irgendwas los?" Linus macht eine Bewegung in die Richtung des anderen Umkleideraums.

Merjem schüttelt den Kopf, schielt zu seinem Rucksack herüber. „Hast du vielleicht was zu essen mit?"

„Na super aber auch!" Er hat die Brote auf dem Küchentisch liegenlassen. Nach Hause gehen sie holen kann er nicht. Seine Mutter ist bestimmt noch nicht zur Arbeit gegangen.

Merjem hustet enttäuscht, aber Linus hat plötzlich eine viel bessere Idee. „Ich lad dich zum Frühstück ein!" Er setzt sich den Rucksack auf seine Schulten. Merjem bleibt sitzen, Linus zieht sie hoch.

„Du hast doch überhaupt kein Geld“, protestiert sie. Er hat ihr ja noch nicht mal ihre zehn Euro zurückgezahlt.

„Brauch keins. Komm schon.“

„Und die Schule?“

„Geh ich erst wieder hin, wenn du mir erklärt hast, was ein Kukuth ist.“

„Und wenn ich es dir nicht sage?“

„Dann geh ich nie wieder in die Schule.“

***

Etwas später betreten sie einen Raum voller weißer Resopaltische. Die meisten sind leer. Nur an einem sitzen drei Frauen vor ihrem Kaffee, nicht weit von einer gläsernen Theke mit allem, was man sich zum Frühstücken nur vorstellen kann. Eine Frau mit hennarot gefärbten Haaren thront hinter der Kasse und winkt zu Linus herüber. Er schnappt sich ein Tablett, drückt Merjem ebenfalls eins in die Hand. Ein Brötchen mit gekochtem Schinken landet auf seinem Tablett, dann eins mit Nutella, eine Schachtel Honigpops.

„Was willst du?“, drängelt Linus

Sie deutet zaghaft auf ein Brötchen mit Käse, Linus stellt es auf ihr Tablett, dazu noch eins mit Nutella. Er schiebt das Tablett weiter zum Kuchensortiment. „Apfel oder Schokolade?“

Sie kann sich nicht entscheiden. Er nimmt kurzerhand beides.

„Guten Morgen, Frau Hohenstein“, grüßt Linus die Frau an der Kasse höflich. Frau Hohensteins Blick gleitet über die beiden Tabletts, dann mustert sie Merjems grüne Haarsträhne. Der Wolf in Merjems Magen knurrt so laut, als wollte er sie gegen alle Blicke auf ihre Frisur verteidigen .

„D…as ist mein Freund Ricki“, stellt Linus vor.

„Guten Morgen, Ricki!“ Frau Hohenstein fängt an, die Sachen auf dem Tablett in die Kasse einzutippen. „Habt ihr keine Schule heute?“

„Nö“, sagt Linus lässig. „Heute geschlossen. Sie desinfizieren. Wegen Läusen.“ Frau Hohenstein verzieht angewidert das Gesicht. Die Kasse wirft den Bon aus. Merjem hält die Luft an. Für einen Augenblick hört sogar ihr Magen auf zu knurren.

„Schreiben Sie es bitte an!“ Linus schenkt Frau Hohenstein ein Lächeln, von dem er weiß, dass ältere Damen ihm nicht widerstehen können.

Frau Hohenstein lächelt prompt zurück, klebt den Beleg in ein dickes Buch ein. „Na dann, guten Appetit!“ Ihre Augen gleiten über den Schokoladen- und den Apfelkuchen. „Jungs in eurem Alter, die können sich so was noch leisten“, seufzt sie und beißt lustlos in eine geschälte Karotte.

Merjem und Linus balancieren ihre Tabletts zu einem der freien Tische.

Linus grinst Merjem an.

„Warum musst du denn nichts bezahlen?“, flüstert Merjem. Sie wird die Angst nicht los, dass gleich jemand erscheint und abkassieren will. Aber sie ist zu hungrig, um sich lange mit Befürchtungen aufzuhalten.

Nachdem sie das Käsebrötchen ganz aufgegessen hat, fühlt sie sich einigermaßen sicher. Niemand interessiert sich für sie, und niemand will Geld haben.

„Willst du jetzt wissen, was ein Kukuth ist?“

Linus nickt.

„Also ein Kukuth“, sie senkt die Stimme, ihre Augen werden zu zwei schmalen Schlitzen, „das ist das Gemeinste, was auf der Erde überhaupt rumläuft. Es ist eine grässliche Krankheit, etwas Böses, das wie ein Vampir durch die Welt läuft, aber kein Blut trinkt, sondern es saugt den Menschen ihre Gesundheit weg, bis sie genau so krank werden wie es selbst. Aber das Kukuth kann nie genug davon kriegen, und immer wenn es jemanden findet, dem es gut geht, dann saugt es ihm das weg, und davon lebt es.“

Linus vergisst, in sein Nutellabrötchen zu beißen. Nicht dass er an solche Sachen glauben würde, aber Merjems Stimme klingt so unheimlich, als könnte in jedem Moment ein Kukuth um die Ecke kommen. Mit den schmalen Augenschlitzen sieht sie fast so aus, als wäre sie selbst eins.

„Und was hat das Kukuth mit dem Blitz zu tun?“, fragt er so sachlich wie möglich. Sie schaut ihn an, als ob sie ihm ein Geheimnis verkünden würde, von dem nur

Eingeweihte etwas wissen dürfen. „Ein Kukuth kann sich überall verstecken, auch in einem Blitz!“ Sie beißt in ihr zweites Brötchen. „Es will die Familie kaputt machen, aber diesmal hat es sich geschnitten. Der Blitz trifft den Hund nicht richtig, aber die Familie ist so erschrocken, dass sie ganz schnell nach Hause fährt und nur deswegen erwischen sie den Einbrecher, und am Schluss sitzen sie zusammen beim Abendessen, und alles ist viel besser als vorher. Sie haben das Kukuth besiegt.“

„Hhm“, seufzt Linus. „Vielleicht wirst du mal eine berühmte Schriftstellerin und kriegst ganz viel Geld für solche Geschichten.“

Merjem schüttelt den Kopf, schluckt das letzte Stück Brötchen runter.

„Ich will Ärztin werden!“ Sie hält sich die Hand vor den Mund, weil sie das sehr laut gesagt hat. Dann schaut sie sich um, ob jemand sie gehört hat und erstarrt zur Salzsäule.

Linus folgt ihrem Blick.

Drei Polizisten in Uniform sind herein gekommen.

Merjem schließt die Augen.

„Kukuth na ka goditur!“

Der Polizist will auf dem Schrank nachschauen.

Er setzt seinen Fuß auf die Fensterbank.

Der Schrank wackelt. Merjem hält den Atem an.

Der Polizist ist nur noch eine Armlänge von ihr entfernt.

Wenn er den Arm ausstreckt, kann er sie packen.

Eine eiserne Hand legt sich um ihr Herz, drückt es zusammen.

Sie bekommt kaum noch Luft.

Sie fängt an zu zittern, ihre Knie schlottern gegeneinander. Linus legt seine Hand auf ihren Arm.

„Du brauchst keine Angst zu haben“, flüstert er, „das ist mein Onkel Gerald, der tut dir nichts, und außerdem erkennt dich sowieso niemand. Alle denken, du bist ein Junge.“

Aber Merjems Knie schlottern. Sie zerrt an ihrem Arm, sie will hier raus. Linus hält sie fest. „Wenn du jetzt abhaust, dann fällt das erst recht auf!“, zischt er ihr zu.

Onkel Gerald hat Linus entdeckt.

Er kommt auf sie zu.

„Hallo, Linus.“ Merjem kennt seine tiefe Stimme und sie kennt die Schuhe. Es ist der Polizist, der sie in ihrem Zimmer gesucht hat, und vor dem sie sich auf dem Schrank versteckt hat.

Sie zerrt nicht mehr an ihrem Arm.

„Hallo Onkel Gerald, bei uns fällt heute die Schule aus wegen Desinfektion und da sind Ricki …“, Linus deutet auf Merjem, „und ich hier frühstücken gekommen.“

Unter dem Tisch kickt er mit dem Fuß, so sanft er kann, gegen Merjems Schienbein.

Merjem bietet ihre ganze Kraft auf, ihre Augen wieder zu öffnen.

„Hallo Ricki!“

Der Polizist streckt ihr seine Hand hin, betrachtet ihr Gesicht. Selbst Linus wird ein bisschen nervös.

Onkel Geralds Hand steht in der Luft. „Coole Farbe!“, bemerkt er.

Linus atmet auf.

Ohne hinzusehen nimmt Merjem die Hand des Polizisten und lässt sie sofort wieder los.

„Ist doch okay mit dem Frühstück, oder?“, versucht Linus die Aufmerksamkeit seines Onkels auf sich zu lenken.

„Na klar, haut rein, Jungs!“ Onkel Gerald zieht sich einen Stuhl heran, sticht sich ein Stückchen vom Apfelkuchen ab und holt dabei sein Handy heraus.

Linus schiebt sich erleichtert ein Stück Schokoladentorte in den Mund.

„Hast du gesehen, Mobitel bringt ein neues Handy raus, das ist genau so gut wie das von Apple.“

Onkel Gerald blättert in seiner Fotogalerie, hält Linus und Merjem das Display entgegen. Auf dem Display sieht man das Foto, das Herr Karle benutzt hat, um den Flyer von Merjem zu machen. Aber im Gegensatz zu dem schwarz-weißen Suchbild ist Merjem hier sehr gut wiederzuerkennen. Allerdings die Merjem, die aussieht wie ein Mädchen in einem blauen Sommerkleid mit gelben Punkten und langen offenen Haaren. Es stammt vom letzten Schulausflug

„Das Mädchen war doch in eurer Klasse?“, erkundigt sich Onkel Gerald

Merjem starrt das Foto an. Auch Linus betrachtet das Foto erschrocken, aber er hat sich schnell wieder im Griff. „Das ist Merjem“, bestätigt er. Seine Stimme klingt ein bisschen heiser, er räuspert sich. „Das stimmt, die war in unserer Klasse.“

„Sie ist uns beim Einsatz entwischt, und jetzt suchen wir sie“, murmelt er, ohne aufzusehen, weswegen er Merjems Blick nicht bemerkt, der an dem Foto klebt.

„Habt ihr nicht vielleicht irgendetwas von diesem Mädchen gehört? Habt ihr eine Ahnung, wo sie sein könnte?“

„Ja, also ...“ Linus scheint nachzudenken.

Merjem sitzt ganz still am Tisch.

„Ich weiß, wo sie eigentlich sein müsste!“, sagt Linus schließlich. Sein Onkel sticht sich noch ein Stück Apfelkuchen ab, wartet gespannt auf Linus Antwort.

„In Tropoja!“, sagt Linus.

„Tropoja?“ Onkel Geralds Gesicht verzieht sich zu einem Fragezeichen.

„Ja, *da* müsst ihr suchen“, erklärt Linus so ernst er kann. Er dreht sich zu Merjem um. „Nicht Ricki, das hat doch Frau Fischer gesagt!?“

Merjem versucht zu nicken, sie weiß nicht, ob ihr Kopf sich wirklich bewegt hat.

„Tropoja ist in Albanien!“ Onkel Gerald schaut Linus pikiert an. Merjem beachtet er überhaupt nicht „Verarschen kann ich mich auch alleine“, brummt er grimmig.

***

Es nieselt noch immer dünne graue Bindfäden. Dana steht unter dem Vordach des Eingangs zur Schule und guckt zu den Tennisplätzen hinüber. Die große Glastür dämpft den Pausenlärm hinter ihr. Warum ist Linus heute nicht in die Schule gekommen? Ist irgendetwas mit Merjem? Hat Herr Karle sie entdeckt? Soll sie schnell rüber laufen und nachsehen?

„Gibt's da drüben was Besonderes zu sehen?“

Sie fährt erschrocken herum.

Die Schultern an die Wand gelehnt direkt neben der Eingangstür steht Jeremy, die eine Hand in der Hosentasche vergraben, mit der anderen lässt er ein Jojo die Schnur herauf- und herunterrollen.

„Ich meine, weil du jetzt schon die zweite Pause hier stehst und dahin starrst.“

Ihr Blick folgt dem Auf und Ab des Jojos. Sie zieht sich wieder unter den Schutz der Überdachung zurück. So dicht hat sie noch nie neben ihm gestanden.

In Jeremys Gesicht klettert ein Lächeln, ein bisschen Spott ist dabei, aber nicht nur, da ist noch was anderes, etwas, das für einen Augenblick den Regen vom Himmel wischt.

„Naja, musste ja nicht sagen, wenn du nicht willst.“

Er hält das Jojo an.

„Nein ... äh ... oder doch, da ist ...“, stottert sie. Wenn sie jetzt Jeremy von Merjem erzählt, dann hätte sie was zu sagen. Etwas, wo er hinhören würde. Bestimmt hat er von dem Mädchen gehört, das hier auf die Schule gegangen ist und jetzt von der Polizei gesucht wird. Und sie weiß, wo dieses Mädchen steckt. Sie könnte erzählen, wie sie Merjem die Sachen gebracht haben und etwas zu essen, und wie sie sie vor Herrn Karle gerettet haben. Sie müsste nicht irgendwelches langweiliges Zeugs reden.

„Also ... da ist ...", setzt sie an. Sein Blick ist erwartungsvoll, nicht als wenn er mit einem Mädchen spräche, das drei Jahre jünger ist als er.

„In meiner Klasse ..."

Sie hat auf der Zunge zu fragen, ob er von Merjem gehört hat.

„... in meiner Klasse spielen ganz viele Tennis auf den Tennisplätzen da drüben."

Total langweilig natürlich und außerdem gelogen, aus ihrer Klasse spielt überhaupt niemand.

Prompt nimmt in Jeremys Lächeln der Spott wieder überhand.

„Und du, spielst du nicht?"

Sie schüttelt den Kopf.

„Ich auch nicht."

Der Pausengong ertönt.

„Ist ein Gruftisport!" Er zieht die schwere Glastür auf, deutet eine ganz leichte Verbeugung an. Dana schwebt durch die Tür in die Schulhalle.

„Wo warst du denn die ganze Zeit?"

Leonie gafft Jeremy hinterher. „Haste mit ihm geredet?"

Dana will einfach nur lässig nicken und zurück in die Klasse gehen, aber es gelingt ihr nicht, ein Lächeln zu verhindern.

Erst nach der Schule geht Dana zum Umkleideraum. Sie hat immer noch das Gefühl, ein bisschen über dem Boden zu schweben. Sie bemerkt nicht, dass Leonie ihr heimlich hinterherschleicht und sich hinter der Hecke versteckt.

Dana klopft, legt ihr Ohr an die Tür, horcht.

Leonie fischt nach ihrem Handy.

Im Umkleideraum rührt sich nichts. Dana geht um das Häuschen herum. Auch das Klofenster ist verriegelt. Hannibal springt von der Fensterbank herunter und streicht ihr um die Beine. Sie setzt sich auf den verkleckssten Holzsteg, zieht ihre Brote heraus, füttert den Kater mit dem Käse.

Leonie fotografiert. „Von wegen Oma!“, knurrt sie.

***

Linus und Merjem streifen durch die Stadt. Es hat aufgehört zu regnen, die Menschen klappen ihre Regenschirme zusammen, ziehen ihre Kapuzen ab und hasten zum Arzt, zur Arbeit, zum Einkaufen oder haben sonstwie keine Zeit zu verlieren.

Merjem und Linus stehen vor dem Schaufenster des Kaufhauses.

Die grünen Schuhe sind noch da.

„Kannst du mir nicht die zehn Euro wiedergeben?“

„Die sehen genau so aus wie die, die Herrn Karle runtergefallen sind, findest du nicht?“, versucht Linus auszuweichen.

Merjem bleibt stur. „Kriegst du kein Taschengeld?“

„Doch!“ Linus kippelt auf seinen Schuhen von Außenkante zur Innenkante.

„Wann kriegst du's denn?“

„Immer am Anfang des Monats, aber ich hab's schon bis Dezember ausgegeben.“

Er schaut auf die grünen Schuhe. „Die kannst du aber sowieso nicht von zehn Euro kaufen“, stellt er mit Blick auf das Preisschild fest. Die Schuhe kosten nach wie vor fünfundfünfzig Euro. Merjem reißt sich von dem Anblick los.

„Was hast du denn mit dem Geld gemacht?“

„Na, GTA gekauft.“ Dass er es geschafft hat, das Geld dafür zusammenzubringen, darauf ist er ziemlich stolz.

„Mein Bruder hat das auch. Aber er lässt mich nicht spielen, weil er sagt, dass es erst ab achtzehn ist. Dabei ist er selbst noch nicht achtzehn.“

„Wollen wir spielen?“

***

Leise schleichen Linus und Merjem an Frau Mayröckers Wohnung vorbei die Treppe herauf. Linus kramt seinen Hausschlüssel hervor, schließt die Tür auf.

„Mama?“

Keine Antwort. Er wirft einen Blick in den Flur. Der lila Mantel seiner Mutter mit dem Flauschkragen hängt nicht am Garderobenständer. Er macht Merjem ein Zeichen, dass sie hereinkommen kann. Sie steigt über eine Tasche mit leeren Flaschen und eine mit Papier; Linus hat seit Tagen vergessen, beide zu den Containern zu bringen.

Merjem schaut sich neugierig um. Linus' Zimmer ist größer als ihrs, aber zum Sitzen ist trotzdem kaum Platz, weil überall Sachen rumliegen. Er schiebt ein verstaubtes Legoraumfahrzeug mit einem klebrigen braunen Überzug zur Seite, holt seine Play-Station aus einer Schublade.

„Linus?!“ Vor Schreck fällt ihm die Play-Station aus der Hand. Seine Mutter. Ja super aber auch, was macht die denn jetzt hier?

Er springt auf, aber ehe er raus in den Flur rennen kann, steht sie schon in der Tür. Mit gerunzelter Stirn mustert sie Merjem und ihre grüne Haarsträhne.

„Das ist … äh … das ist Ricki“, stellt Linus Merjem vor.

Merjem ist ebenfalls aufgestanden.

„Hallo Ricki.“ Merjem sieht die Hand, die sich ihr entgegenstreckt, aber sie nimmt auch den Blick von Linus' Mutter wahr, der an ihren grünen Haaren hängen bleibt. Linus' Mutter sieht gar nicht wie eine Mutter aus mit diesen hohen Absätzen und dem engen lila Mantel und dem Lippenstift, der genau zum Mantel passt. Sie berührt die Hand nur ganz kurz und murmelt: „Guten Tag.“

„Musst du heute gar nicht arbeiten?“, versucht Linus seine Mutter abzulenken. „Doch, ich habe nur mein Handy vergessen.“ Katrin dreht sich um, steigt über die Taschen mit den Flaschen und mit dem Papier.

„Bitte Linus, kannst du die Sachen nicht mal endlich runterbringen?“

Sie verschwindet in ihrem Zimmer. Linus greift nach den Taschen mit den Flaschen, schleppt sie klappernd zur Tür.

„Ist irgendwas?“ Katrin verstaut ihr Handy in der Handtasche.

Linus zuckt die Schultern.

„Nö, was soll denn sein?“

„Na, weil du sofort machst, was ich sage.“

Sie deutet mit dem Zeigefinger auf die Küche. „Ich muss mal einen Augenblick mit dir reden.“

„Ich bring eben die Flaschen runter, ja!“

„Nee, das kannst du gleich machen, komm setz dich mal einen Augenblick!“

Linus stöhnt leise auf.

Sie tackert auf ihren hohen Absätzen in die Küche. Er trottet ergeben hinter ihr her.

„Wer ist denn das?“, erkundigt sich Katrin.

„Das ist Ricki, hab ich doch gesagt!“ Linus weiß, dass seine Mutter mehr wissen will. Dass er sofort den Müll runterbringen wollte, war die falsche Taktik. Jetzt ist sie misstrauisch. Er muss sich was ausdenken, sonst lässt sie ihn nicht in Ruhe.

„Er ist neu bei uns an der Schule“, setzt er deswegen hinzu.

„Hhm.“

Linus horcht in den Flur. Ist Merjem gerade an der Tür vorbei geschlichen?

„In deiner Klasse?“, will Katrin wissen.

„Parallelklasse!“

„Und wieso bringst du ihn gleich mit nach Hause?“

Zumindest vom Schuleschwänzen weiß sie noch nichts, oder kommt das noch?

„Wir wollen zusammen ein bisschen Fifa spielen, und dann wollen wir vielleicht noch Mathe machen.“

Katrin schaut ihn skeptisch an.

„Doch, sie ... er ist total gut in der Schule!“

Katrin sieht nicht sehr überzeugt aus.

„Sag mir bitte das nächste Mal vorher, wenn du jemanden mit nach Hause bringst.“ Sie drückt ihm einen dieser heimtückischen Küsse auf die Stirn, die man auf keinen Fall vergessen darf abzuwischen, bevor man sich wieder in die Öffentlichkeit wagt. Sekunden später fällt die Haustür ins Schloss. Er wartet ab, bis das Stöckeln ihrer Schuhe auf der Treppe nicht mehr zu hören ist, geht zurück in sein Zimmer.

„Merjem?“

Er hat vorhin richtig gehört.

Merjem ist nicht mehr da.

9.

Es hat nicht wieder angefangen zu regnen, aber die grauen Wolken hängen so tief, als wollten sie sich auf den Dächern ausruhen. Merjem biegt in eine Seitenstraße ein und entdeckt das Restaurant sofort. SKY KALAJA steht in einem Halbbogen angeordneten Buchstaben über der Tür. Im SKY KALAJA hat sie mit ihren Eltern deren Hochzeitstag und ihre Eins in Deutsch gefeiert. Sie späht durch das Fenster des Seitenraums. Dort hat eine Festgesellschaft Platz genommen. Zwei Kellner zwängen sich in dem engen Raum mit riesigen Vorspeisenplatten hinter den Stuhlreihen entlang. Auberginen, Oliven, Humus, Tzatziki, Schafskäse mit grünen Bohnen – Merjem läuft das Wasser im Mund zusammen.

Sie betritt das Restaurant. Hinter dem Tresen stehen der Mann und die Frau, die den Kühlschrank aus der Wohnung geholt haben. Sie sind so beschäftigt mit den Getränken für die Festgesellschaft, dass sie gar keine Notiz von ihr nehmen.

„Hallo!“, macht sie sich irgendwann bemerkbar.

Der Mann schaut zu ihr herüber.

„Was hast du hier zu suchen?“, zischt er sie auf Albanisch an.

Sie zwingt sich stehenzubleiben.

„Ich muss mit meinen Eltern telefonieren, wissen Sie, wie ich sie erreichen kann?“

Der Mann schüttelt so heftig den Kopf, dass ein paar Biere auf seinem Tablett überschwappen. Er flucht, stellt das Tablett ab, schaut Merjem so böse an, als wären die Bierpfützen ihre Schuld. „Hau ab!“, faucht er sie an.

Die Frau legt ihm beschwichtigend die Hand auf die Schulter und wischt die Bierpfützen weg.

„Geh zur Polizei“, rät sie Merjem, „hier kannst du nicht bleiben.“ Ihre Stimme klingt zwar nicht böse, aber auch nicht so, dass Merjem sich näher wagt.

Die Frau bindet die Schleife ihrer Schürze auf. Sie will mitkommen zur Polizei. Der Mann dreht sich zu ihr um, hält sie am Arm fest. „Das geht uns nichts an!“, knurrt er.

Merjem weicht einen Schritt zurück, albanische Satzschnipsel zischen über ihr hin und her. „Policia“ sagt er, und sie auch noch mal. Noch ein Schritt rückwärts, sie rempelt den Mann an. Die Biere schwappen erneut über.

Ein Schwall von Schimpfworten regnet auf Merjem hinunter. Die Gäste der Festgesellschaft starren neugierig herüber.

Sie schaut in das zornige Gesicht über sich, die großen, behaarten Hände. Die Hände, die *ihren* Kühlschrank auf den Laster geladen haben und *ihre* Waschmaschine und *ihren* Fernseher.

„Trap!“, schleudert sie ihm ins Gesicht. Er kann ihr nichts tun mit dem Tablett in der Hand. Dann dreht sie sich um, spurtet zum Ausgang. Die Tür schwingt hinter ihr zu.

Arschloch hätte sie vielleicht doch nicht sagen sollen.

Jemand ruft ihren Namen. Sie rennt schneller, dreht sich dabei kurz um, erkennt die Frau aus dem Restaurant, rennt noch schneller, aber sie kriegt keine Luft mehr, in ihrer Brust stechen wieder die Nadeln. Die Frau holt sie ein, hält sie an ihrer blauen Winterjacke fest, sie hebt ihre Hand. Merjem hält sich schützend den Arm vor das Gesicht, aber die Frau will sie nicht schlagen. Sie hat ihr Handy dabei, drückt eine Nummer. Mit der einen Hand hält sie Merjem fest, mit der anderen hält sie ihr das Handy ans Ohr. Merjem hört den Klingelton, dann meldet sich eine Stimme. Es dauert keine Sekunde, bis sie die Stimme erkennt.

„Etem!!“, brüllt sie so laut ins Telefon, als wollte sie ihren Bruder mit der reinen Kraft ihrer Stimme erreichen.

Etem will wissen, wo sie ist. Mama und Papa machen sich irre Sorgen. Sie ist Deutschland, es geht ihr gut. Ihre Stimme wird etwas leiser, aber ihre Worte überschlagen sich. Aus dem Handy kommt keine Antwort mehr.

„Etem?!“

Die Leitung ist unterbrochen. Die Frau lässt das Handy sinken, schaut nervös zum Eingang des Restaurants herüber, wiederholt ihre Aufforderung zur Polizei zu gehen, bevor sie das Handy wegsteckt und wieder zurück in ihr Restaurant eilt. Merjem rennt ihr hinterher. Sie muss die Nummer haben. Vor dem Restaurant steht der Mann und fuchtelt zornig mit den Fäusten. Merjem dreht ab. Dem will sie nicht in die Arme laufen, der holt bestimmt die Polizei, so wütend wie der ist.

***

Der Regen pladdert Merjem ins Gesicht. Sie will nicht zurück in den Umkleideraum, nicht allein sein mit der Angst vor Herrn Karle. Sie öffnet die Tür zu einem Waschsalon. Mit ihrer Mutter ist sie oft hier gewesen, als die Waschmaschine kaputt war. Feuchte Wärme und der Geruch von Waschpulver schlägt ihr entgegen. Sie setzt sich in eine Ecke vor eine Fototapete, von der sich grüne Palmen über die Waschmaschinen recken. Der Waschsalon ist fast leer, nur vor einem Trockner sitzt eine junge Frau, die mit grünen Fingernägeln Nachrichten in die Welt twittert. Merjem zieht die nassen Strümpfe aus und beobachtet, wie die Wäschestücke der jungen Frau in dem Trockner herumwirbeln.
Trotz der Wärme friert sie immer noch. Von draußen macht ein Blitz den Raum taghell, der Donner kracht sofort hinterher.

Als sie das letzte Mal hier waren, hat sie ihrer Mutter die unregelmäßigen Verben beigebracht. Riechen, roch, gerochen. Ihre Mutter fand das Wort roch so lustig. Wenn sie es sagte, klang es so, wie wenn ein Schwein grunzt: „Roch, roch, roch.“

Und sie hat von dem Apfelbaum erzählt, der in Albanien vor ihrem Haus stand. Sie ist sich nicht sicher, ob sie sich selbst an ihn erinnern kann, oder ob ihre Mutter ihn so beschrieben hat, dass sie nur meint, sie wüsste, wie er ausgesehen hat.

Die Trockner quäkt. Die Wäsche fällt in sich zusammen. Die junge Frau stopft sie eilig in eine Tasche und verlässt den Waschsalon.

Merjem geht zu dem Trockner, manchmal laufen sie noch ein bisschen nach, auch wenn keine Wäsche mehr drin ist. Der Trockner läuft nicht mehr nach, aber auf der Abdeckung entdeckt sie einen Metallchip, den die junge Frau vergessen hat. Sie wirft den Chip ein, der Trockner setzt sich wieder in Bewegung. Sie öffnet die Tür, warme Luft bläst ihr entgegen, aber der Trockner bleibt allmählich stehen. Tür wieder zu, die Trommel dreht sich, Tür auf, warme Luft, der Trockner steht, Tür zu. Langsam wird ihr warm.

Aus dem Augenwinkel sieht sie, wie ein Mann mit halblangen graubraunen Haaren den Waschsalon betritt. Er hat keine Wäsche dabei, nur eine Umhängetasche über einer Jacke mit großen schwarzen und weißen Karos und einem großen Schlüsselbund. Er lächelt zu ihr herüber. Seine beiden großen Vorderzähne sehen aus wie die von Roger Rabbit. Er verschwindet durch die Fototapete in einem Nebenraum.

Vorsichtig, um kein Geräusch zu machen, öffnet Merjem die Tür des Trockners, lässt sich von der warmen Luft einhüllen.

„Was machst du denn hier ganz allein, musst du nicht nach Hause?“ Der Duft von Rasierwasser liegt in der Luft, so ähnlich wie das, was ihr Vater benutzt hat

Für einen Augenblick muss sie eingeschlafen sein. Sie hat nicht gemerkt, dass der Typ wieder aus dem Raum herausgekommen ist. Er setzt sich neben sie, angelt mit dem Fuß nach der Tür des Trockners, öffnet sie. Obwohl die warme Luft heraus kommt, rückt sie zur Seite. Der Mann schließt die Tür.

„Keiner da, der auf dich wartet?“

Seine Stimme klingt nicht so, als ob er sie wegjagen will.

Er macht die Tür wieder auf, die warme Luft streicht an ihr vorbei.

„Hast du Hunger?“

Er steht auf, geht zu einem Automaten, der an der Wand hängt, wirft eine Münze ein, aber der Automat funktioniert nicht.

„Soll ich uns eine Pizza holen?“

Eine warme Pizza. Der Duft des Hefeteigs mit Tomate drauf und Käse steigt ihr in die Nase.

„Wenn du willst, kannst du dich da ein bisschen ausruhen.“ Er deutet auf die offen stehende Palmentapetentür.

Merjem zögert. Hinter der Tür kann man ein rotes Sofa sehen, ganz weich sieht das aus. Nicht so wie die Holzbank im Umkleideraum.

***

Dana sitzt auf einem Stuhl in der Küche und gabelt durch den Kartoffelbrei, den sie sich warm gemacht hat. Eigentlich hat sie gar keinen Hunger.

Sie hat immer noch das Bild von Jeremy im Kopf, wie er seine kleine Verbeugung macht, als er ihr die Tür aufhält.

Das Telefon klingelt.

Sie greift nach dem Hörer. Dana, steht auf dem Display. Sie braucht einen Moment um zu begreifen, warum da Dana steht.

Sie drückt die grüne Taste. „Merjem?"

Rauschen in der Leitung. „Merjem? Merjem was ist?"

Keine Antwort. Nur Rauschen. „Merjem, sag doch was! Ist was passiert?"

Wieder Rauschen. Dann aber doch eine Stimme, weit weg. „Dana?"

„Was ist los Merjem? Wo bist du?!"

Rauschen und aufgeregte Wortsilben. Das Einzige, was sie versteht ist: „Waschirgendwas ...", und noch mal „Wasch..."

„Merjem? Sag doch was!"

Rauschen.

Sie drückt auf rot, versucht ihr Handy anzurufen, erreicht aber nur die Mailbox.

***

Etwa zur gleichen Zeit schiebt Linus sein Fahrrad in den Hausflur.

Da kann Frau Mayröcker sich zehn Mal aufregen, im Regen lässt er es nicht draußen stehen.

Er ist trotz Regenjacke ziemlich durchgeweicht, er hat Merjem im Umkleideraum gesucht, aber sie war nicht da.

Von oben hört er das Klingeln des Telefons. Vielleicht seine Mutter. Es ist schon nach acht. Besser er ist Zuhause, wenn sie anruft. Er springt in drei Sätzen die Treppe herauf.

„Wir sind doch nicht bei den Hottentotten!“ Frau Mayröcker hat mal wieder hinter der Tür gestanden.

Er schließt die Tür auf, sprintet zum Telefon, reißt den Hörer von der vorsintflutlichen Telefongabel.

„Dana!“ Leichtes Herzklopfen. Dana hat ihn noch nie angerufen.

Danas Stimme ist hell vor Aufregung. „Es ist was mit Merjem! Sie hat mich angerufen, aber ich konnte nichts verstehen nur irgendwas mit Wasch... Waschiwasch... Wir müssen zum Umkleideraum, nachschauen!“

Tief durchatmen, das Herzklopfen ist verschwunden.

„Da ist sie nicht! Da komm ich gerade her!“

„Was machen wir denn jetzt bloß?“

Er denkt nach. „Sonst hat sie nichts weiter gesagt, nur ‚Wasch...‘?“

„Sie hat noch mehr gesagt, aber den Rest habe ich nicht verstanden.“

„Wasch...? Was kann das bedeuten?“

„Es muss was Schlimmes passiert sein, so wie ihre Stimme sich angehört hat.“

„Wasch… Wasch… Wasch…“, murmelt Linus.

„Sollen wir der Polizei Bescheid sagen?“

Linus schüttelt den Kopf. „Ich hab eine Idee, was sie gemeint hat. Wir treffen uns am Marktplatz, direkt vor der Kirche.“

Von Dana kommt keine Reaktion.

„Hast du gehört?“

„Mein Fahrrad hat einen Platten.“

„Okay, ich hol dich ab.“

***

Merjem drückt zum -zigsten Mal die Klinke der Tapetentür herunter. Sie kriegt die Tür auch jetzt nicht auf. Sie hockt sich wieder auf das rote Sofa, das überhaupt nicht weich ist, horcht nach draußen. Es ist ganz still. Nur hin und wieder hört man ein Auto. Sie versucht noch einmal Dana anzurufen.

Es klingelt und klingelt, aber Dana nimmt nicht ab.

Das Kribbeln auf der Zunge.

Heulen hat keinen Sinn.

Draußen wird der Waschsalon aufgeschlossen.

Schritte. Der Schlüssel in der Tapetentür wird umgedreht. Merjem richtet sich auf dem Sofa auf.

Das Sofa schwankt, sie muss sich darauf konzentrieren, das Gleichgewicht zu halten.

Die Tür geht auf, Merjem hechtet vom Sofa herunter, ihre Hände verkrallen sich in der schwarz-weiß karierten Jacke.

Der Mann flucht.

Was hat der denn gedacht? Dass sie sich hier einfach einschließen lässt?

Er versucht, sie an der Jacke festzuhalten. Mit fünf Schritten ist sie an der Tür. Der Mann ruft ihr etwas hinterher. Sie hört nicht was. Sie ist schon draußen, platscht durch eine Pfütze, das Wasser ist eiskalt. Egal, weg hier, nur weg!

***

Dana sitzt auf Linus' Gepäckträger.

„Und wenn sie nicht in diesem Waschsalon ist?"

„Ruf sie doch an."

„Geht nicht, sie hat doch mein Handy!" Linus biegt in eine Nebenstraße ein, hält an. Er deutet auf zwei breite Schaufenster, die einen schwachen Lichtschein auf den Bürgersteig werfen.

„Da ist es!"

Sie steigen beide ab, nähern sich dem Laden. Auf einer Sitzbank vor einer Fototapete mit Palmen sitzt ein Mann in einer schwarz-weiß karierten Jacke und kaut an einem Pizzastück.

„Sollen wir ihn nach Merjem fragen?", flüstert Dana.

Linus zuckt die Schultern.

Dana peilt in den Laden hinein.

„Guck mal da!“ Sie tritt Linus fast auf die Füße. Auf dem Boden vor der Fototapete liegt ein Gürtel, es ist Danas Gürtel, der, den sie Merjem mitgebracht hat.

Der Mann in der schwarz-weiß karierten Jacke schaut auf.

„Macht, dass ihr weg kommt“, knurrt er durch seine langen Zähne.

„Wir suchen unsere Freundin, die muss hier sein!“ Dana ist selbst erstaunt, dass sie das einfach so gesagt hat und dazu noch ganz laut.

„Hier ist niemand, das seht ihr doch!“, knurrt der Mann.

Linus macht einen Schritt in den Laden hinein. „Der Gürtel da, der gehört ihr.“

Der Mann starrt auf den Gürtel, dann zu Linus.

„Wenn Sie uns nicht sagen, wo sie ist, holen wir die Polizei!“ Dana steht immer noch in der Tür des Waschsalons. Zu nahe kommen möchte sie dem Typ mit der schwarz-weiß karierten Jacke nicht.

„Sie ist nicht mehr hier, sie ist abgehauen.“

Er senkt den Kopf. „Ich wollte ihr doch bloß was zu essen bringen. Sie hat das vielleicht falsch verstanden ...“ Er schaut zu Dana herüber. Über seinen großen Zähnen hängt ein trauriges schiefes Lächeln.

„Glaubst du, dass der die Wahrheit sagt?“

Linus sammelt Merjems Gürtel ein.

„Können Sie uns kurz ihr Handy leihen?“

***

Merjem schleppt sich den Feldweg entlang zu den Umkleideräumen. Ihre Füße sind so kalt, dass sie sie kaum noch fühlt. Sie hat die Skijacke zweimal um sich herum gewickelt und hält sie mit den Händen fest, damit sie besser wärmt, und die Kapuze ganz tief ins Gesicht gezogen. Den blauen SUV sieht sie erst, als sie schon den Zaun vor den Tennisplätzen erreicht hat.

Von der Straße das Geräusch eines Autos, das in den Feldweg einbiegt. Sie kann nicht zurück, sie muss es bis zu der Übungswand schaffen, bevor das Auto um die Kurve kommt. Sie rennt los. Das Geräusch hinter ihr kommt näher, vor ihr taucht die grüne Wand auf. Das Auto kracht durch ein Schlagloch, der Lichtkegel des rechten Scheinwerfers tanzt neben ihr. Merjem hechtet zur Seite, die doppelt gewickelte Jacke federt die Landung ab, sie rollt sich über das nasse Gras. Das Handy in der Tasche drückt ihr in die Seite, hoffentlich ist es nicht kaputtgegangen.

Der Scheinwerfer leuchtet kurz über die Umkleideräume, sie erkennt die Umrisse von Herrn Karles Kombi. Hat er sie entdeckt? Die Scheinwerfer werden ausgeschaltet. Sie zieht die Kapuze ganz eng um den Kopf, hält sich die Ohren zu. Ihr Atem rasselt.

Irgendwann gibt sie ein Ohr frei.

Keine Schritte, die auf sie zukommen, stattdessen Stimmen. Stimmen von den Autos am Umkleideraum. Merjem wagt einen Blick an der Wand vorbei. Herr Karle und der Typ mit dem Bürstenhaarschnitt laden Kartons auf den Rücksitz des SUVs.

Der mit den Bürstenhaaren telefoniert. Irgendwas von einem Hund, den er vergessen hat.

Herr Karle fährt mit der Sackkarre in den Umkleideraum.

Ein ganzes Auto voller Schuhe. Sie bräuchte nur ein einziges Paar, und sie hätte endlich mal wieder warme Füße.

„Kommst du noch mal wieder?!“, schreit der mit den Bürstenhaaren.

Von Herrn Karle kommt keine Reaktion.

Der mit den Bürstenhaaren klettert auf den Holzsteg, verschwindet in den Umkleideraum.

Merjem robbt an der Übungswand vorbei.

Es ist ganz still. Nur von der Straße die Geräusche der vorbeifahrenden Autos.

Sie schleicht weiter.

Im Kofferraum leuchten die weißen Kartons. Sie braucht Größe 38 oder besser 39, dann kann sie zwei Paar Socken anziehen.

Noch zwei Schritte. Sie greift sich einen Karton, schiebt den Deckel herunter – Herrenschuhe, ganz feine, aus braunem glänzenden Leder.

„Wann kriegst du die nächste Fuhre?“ Der mit dem Bürstenhaarschnitt, aber nur seine Stimme.

Sie nimmt den nächsten Karton – Damenschuhe mit zehn Zentimeter hohen Absätzen.

Der Holzsteg knarrt.

Sie kommen beide wieder raus!

Merjem dreht sich um. Viel zu weit bis zur Übungswand!

Der mit den Bürstenhaaren springt vom Steg, auf der anderen Seite rutscht Herr Karle auf dem nassen Holzsteg aus, kann sich gerade abfangen. Er flucht.

Es gibt nur eine Möglichkeit, nicht entdeckt zu werden: Merjem schiebt die Kartons zur Seite, klettert in den Kofferraum, schiebt die Kartons wieder zurück. In der Ecke liegt eine alte Decke, die zieht sie über den Kopf. Die Decke stinkt nach Hund.

Sie kämpft gegen das Husten.

Der mit den Bürstenhaaren sagt etwas, Merjem hört nicht was, es rauscht nur noch in ihren Ohren.

Die Kofferraumtür knallt zu, Motor an, der SUV wendet und rumpelt den Feldweg zur Straße hinauf.

Erst nach einer Ewigkeit hält der Wagen wieder an, der Mann mit den Bürstenhaaren steigt aus. Merjem duckt sich in die hinterste Ecke des Kofferraums hinter die Kartons, hört die Schritte, die sich entfernen.

***

Im Waschsalon steht Linus mit dem Handy des Mannes mit der schwarz-weiß karierten Jacke in der Hand.

Merjem spürt, das Vibrieren in der Tasche von ihrer blauen Skijacke, drückt die grüne Taste.

„Ja“, flüstert sie.

„Merjem, wo bist du?“

„In nem Auto.“

„In was denn für nem Auto?“

„Von dem mit den Bürstenhaaren.“

Sie hört Schritte, die wieder näher kommen und das Bellen eines Hundes.

„Wie kommst du denn da rein?“

„Ich muss aufhören“, flüstert Merjem, „er kommt wieder.“

Der Türverriegler klackt, der Kofferraum klappt auf.

„Hopp, Jako!“ Die Stimme von dem mit dem Bürstenschnitt.

Er schiebt ein paar von den Kartons zur Seite. Der Wagen schwankt ein bisschen. Das Hecheln eines Hundes, er schnüffelt an den Kartons. Der Motor springt an, das Auto setzt sich in Bewegung.

Neben sich hört Merjem ein leises Knurren. Sie rollt sich so klein zusammen wie sie kann, die Knie stoßen ans Kinn, sie legt die Arme schützend über den Kopf.

Aber das Knurren hört nicht auf.

„Was ist denn los, Jako?“ Der mit den Bürstenhaaren.

Jakos Nase schiebt sich durch den Spalt zwischen zwei Kartonstapeln, er bellt unentschlossen.

Bellen ist besser als Knurren.

Vorsichtig streckt Merjem ihre Hand unter der Decke hervor.

Jako hört auf zu bellen. Merjem zieht die Decke ein winziges Stückchen zur Seite, gerade so viel, dass sie etwas sehen kann.

Jako ist ein ausgewachsener Schäferhund.

Misstrauisch betrachtet er ihre Hand.

Merjem bleibt unbeweglich sitzen.

„Braver Jako", murmelt sie leise.

Jako spitzt die Ohren, seine Schnauze nähert sich Merjems Hand.

Merjem zieht sie nicht zurück.

Jako schnuppert an ihrer Hand.

Sein rechtes Ohr knickt nach vorne ab.

***

„Ja super aber auch!" Linus lässt sich neben dem Mann mit der schwarz-weißen Jacke auf die Bank sinken.

„Wieso ist sie jetzt in diesem Auto?"

Der Mann hebt beide Hände hoch. „Keine Ahnung", beteuert er. „Ich habe überhaupt kein Auto."

Er hält Linus sein Handy hin.

„Du kannst ja noch mal versuchen sie anzurufen."

Linus schüttelt den Kopf. „Wenn wir sie anrufen, verrät das Klingeln sie vielleicht. Wir müssen warten, dass sie anruft."

Aber Merjem ruft nicht zurück.

„Wir müssen doch zur Polizei!“ Linus steht auf.
„Wenn ihr wollt, könnt ihr anrufen!“
Linus nimmt das Handy.
„Polizei, ist das 110 oder 112?“
Die altmodische Sirene von einer Feuerwehr. Linus hätte fast das Handy fallen lassen. Aber es ist nur der Klingelton.
„Ich bin's!“ Merjems gequetschte Stimme
„Wo bist du?“
„Irgendwo auf einem Parkplatz.“
„Bist du immer noch in dem Auto?“
„Ja.“
Im Hintergrund das Singen von Kindern.
„Kannst du irgendetwas draußen erkennen?“
„Da sind ganz viele Bäume drumherum.“
Dana setzt sich neben Linus auf die Bank, drängelt sich dicht an ihn heran, damit sie mithören kann.
„Schau genau hin! Vielleicht gibt's irgendwas, damit wir kapieren, was für ein Parkplatz.“
„Ich glaub, irgendwo im Wald wegen dem Hund.“
„Ein Hund???“
„Der mit dem Bürstenhaarschnitt hat einen Hund und mit dem ist er hier hergefahren.“
Das Singen ist jetzt so nah, dass man hören kann, was die Kinder singen. „*Laterne, Laterne, Sonne Mond und Sterne …*“
„Der Martinsumzug!“ Dana springt auf.

„Los Linus, komm!“

***

Linus tritt voll in die Pedale. Dana sitzt wieder auf dem Gepäckträger und möchte am liebsten mit den Beinen mitlaufen, damit sie schneller sind. „Und wenn sie nicht im Park ist und es heute vielleicht noch einen anderen Martinszug gibt?“

Linus biegt in den befestigten Parkweg ein, hält an. Sie horchen in die Dunkelheit. Von einem Martinszug ist nicht zu hören.

„Wir fahren erstmal zum Parkplatz“, sagt Linus.

„Weißt du, wo der ist?“

Am Anfang des Wegs steht eine Hinweistafel. Auf der Tafel ist ein Plan des ganzen Parks. Es gibt zwei Parkplätze, für den einen müssten sie nach rechts fahren, für den anderen nach links.

„Wohin jetzt?“, fragt Dana.

Linus schaut ratlos den Weg herunter. Auf der rechten Seite entdeckt er ganz hinten auf dem Weg ein schwankendes Licht. Ein Vater mit seinem Sohn kommt näher, in der Hand hat der Junge eine Laterne.

„Da müssen wir lang!“ Linus schwingt sich auf sein Fahrrad, Dana springt in voller Fahrt auf den Gepäckträger.

***

Immer mehr Laternen kommen ihnen entgegen, irgendwann müssen sie absteigen, mindestens hundert Kinder mit ihren Eltern wuseln an ihnen vorbei.

Es dauert ewig bis zum Parkplatz. Zum Schluss hält es Dana nicht mehr auf dem Gepäckträger aus. Sie springt ab und läuft nebenher.

Auf dem Parkplatz stehen drei Autos, aber nur ein SUV.

Linus klopft an die Kofferraumtür.

„Merjem?“

Augenblicklich erscheint ihr Kopf im Fenster.

Linus drückt den Türknopf. Abgeschlossen natürlich. Sie gehen um das Auto herum, rütteln an den anderen Türen. Alle zu.

„Weiß der Typ, dass du hier drin bist, hat er dich eingesperrt?“, schreit er durch die Scheibe.

Merjem schüttelt den Kopf.

„Aber wie bist du denn da rein gekommen?“

Merjem deutet auf die Pappkartons.

„Wegen der Schuhe.“

Dana dreht sich zu Linus um. „Hast du ihr das gesagt?“

Linus schüttelt entrüstet den Kopf.

„Ich wollte doch nur mal wieder richtige Schuhe haben“, murmelt Merjem. Durch die Scheibe ist sie kaum zu hören.

Vom Waldweg schnelle, leichte Schritte. Skistöcke rascheln durch das Laub. Skistöcke ohne Skier. Eine Frau stößt sie immer abwechselnd in den Boden. In Windeseile kommt sie näher. Sie sieht aus wie Oma Rösel aus der Lesefiebel vom ersten Schuljahr – graue Haare mit dickem Knoten und einem Gesicht, in dem eine Falte an der anderen runzelt.

Dana will in Deckung gehen, Linus hält sie am Ärmel fest. „Keiner kann uns verbieten, auf einem Parkplatz zu stehen."

Die Oma öffnet den Kofferraum ihres verbeulten Kastenwagens mit irgendeiner blauen Werbung drauf, verstaut ihre Skistöcke, nimmt ein Handtuch heraus, wischt sich das Gesicht trocken.

„Wir müssen Merjem da rausholen, bevor der Typ wiederkommt", flüstert Dana verzweifelt.

Oma Rösel schaut zu ihnen herüber. „Wartet ihr auf jemanden, oder habt ihr euch verlaufen?"

Linus und Dana schütteln stumm den Kopf.

„Das war ne Oder-Frage, da könnt ihr nicht einfach den Kopf schütteln", ruft Oma Rösel zu ihnen herüber. Sie hat sich zu Ende abgetrocknet und wirft das Handtuch in den Kofferraum.

Dana und Linus haben jetzt keine Zeit, sich mit einer Oma zu unterhalten, im Gegensatz zu der Oma, die alle Zeit der Welt zu haben scheint.

„Soll ich euch ein Stück mitnehmen?"

Nein, verdammt noch mal!

Klack.

Die Blinklichter des SUV leuchten auf.

Der Typ mit den Bürstenhaaren und der roten Brille überquert den Parkplatz, mit einem Hund, der an der Leine zerrt.

Linus und Dana drehen sich um, so unauffällig sie können, zum Verstecken ist es zu spät.

Der Typ mit den Bürstenhaaren lässt seinen Hund von der Leine, öffnet den Kofferraum.

„Hopp Jako!"

Jako will nicht, der mit den Bürstenhaaren muss mit Händen und Knien nachhelfen.

Er grüßt höflich zu Oma Rösel herüber, bevor er einsteigt, zurücksetzt und in Richtung Straße verschwindet.

Linus hebt sein Fahrrad auf. Aber er steigt gar nicht erst auf. Es hat keinen Sinn, einen SUV mit dem Fahrrad zu verfolgen.

Dana dreht sich zu der Oma um. „Bitte", fleht sie. „Bitte, können Sie dem Auto da hinterherfahren?"

„Ne Verfolgung?" Die blauen Augen hinter der dicken runden Brille leuchten auf.

Linus zögert. Mit so einem alten Teil und einer Oma am Steuer kann man doch niemanden verfolgen!

Oma Rösel hält Linus die Tür ihres Kastenwagens auf. „Ja, worauf wartet ihr denn noch, wenn ihr euch nicht beeilt, ist der weg!"

***

Sie schiebt den vierten Gang rein, dass es kracht. Der SUV vor ihnen fährt über eine Ampel. Sie müssen zumindest bei Gelb hinterherkommen. Dana sitzt auf dem Beifahrersitz, hinten im Kasten Linus mit seinem Fahrrad.

Die Ampel schaltet auf Gelb.

Oma Rösel gibt Gas.

Bei Gelbrot kommen sie rüber.

Zufrieden haut sie mit der geballten Faust aufs Lenkrad.

Der SUV ist rechts abgebogen, der Kastenwagen schleudert hinterher. Das Fahrrad rammt Linus in die Seite. Er stöhnt leise auf.

„Nicht zu dicht ran“, warnt er, „nicht dass er merkt, dass wir ihn verfolgen.“

Der SUV fährt am Fluss entlang Der Kastenwagen hält Abstand, ein Van setzt sich vor sie. Oma Rösel versucht, ihn zu überholen, aber es kommen immer wieder Autos entgegen.

Oma Rösel blinkt den Van an, aber statt schneller zu fahren, wird er noch langsamer.

Einen halben Meter tiefer neben der Straße gibt es einen Fahrradweg.

„Festhalten!“, kommandiert Oma Rösel.

Der Kastenwagen schert recht aus, scharf an einer Pappel vorbei donnert er die Böschung herunter, Dana wird gegen die Tür gedrückt. Das Fahrrad haut gegen Linus' Knie.

„Noch mal festhalten!“

Der Motor heult auf, der Gang war nicht drin, die Kupplung kreischt, Vollgas, der Kastenwagen schießt nach vorne, diesmal war Linus vorbereitet, er hält das Fahrrad fest.

Oma Rösel nimmt die Böschung zu schräg. Der Kastenwagen neigt sich gefährlich zur Seite, aber das Fahrrad hat sich irgendwo festgehakt und bildet zusammen mit Linus ein Gegengewicht. Auf drei Rädern setzen sie wieder auf der Straße auf. Der Van hinter ihnen hupt empört.

„Vollidiot!“, schimpft Oma Rösel.

Sie gibt Gas, der SUV ist kaum noch zu sehen.

Ein Kleinwagen vor ihnen hält sich penetrant an die 30-km-Geschwindigkeitsbegrenzung. Oma Rösel hupt ihn zur Seite, weicht im letzten Moment einem Fußgänger aus. Sie hat den Zebrastreifen übersehen. Der Kleinwagen fährt wieder schneller, um ein Haar wäre ihm Oma Rösel in die Seite gefahren. „Das war ein bisschen knapp“, gibt sie zu.

Sie kommen bis auf 300 Meter an den SUV heran, er biegt in Richtung Altstadt ab. Der Kastenwagen folgt gesittet.

Im Schritttempo sucht der SUV einen Parkplatz, findet keinen, hält in der zweiten Reihe.

Oma Rösel stoppt in Sichtweite.

Dana dreht sich zu Linus um. „Lebst du noch?“

Linus nickt gequält.

50 Meter vor ihnen springt Jako aus dem Kofferraum und verschwindet mit seinem Herrchen in einem Hauseingang.

Dana hat wachsweiche Knie, als sie aussteigt, Linus schiebt leise fluchend sein Fahrrad aus dem Wagen. Um seine blauen Flecken muss er sich nachher kümmern, der Typ mit den Bürstenhaaren kann jede Sekunde wieder kommen.

Sie rennen zum SUV hinüber.

„Merjem?“

„Merjem, alles in Ordnung?“

Merjems Kopf taucht auf. Entgeistert schaut sie Linus und Dana an. Als sie Oma Rösel entdeckt, geht sie sofort wieder in Deckung, Dana setzt zu einer Erklärung an. Linus drängt zur Eile, schaut sich nach etwas um, mit dem man die Scheibe einschmeißen kann, aber auf dem Bürgersteig liegt nicht mal eine Coladose.

„Haben Sie vielleicht einen Wagenheber oder ein Radkreuz?“, wendet er sich Oma Rösel.

„Wozu brauchst du denn so was?“

Er deutet auf Merjem. „Wir müssen sie da irgendwie rauskriegen.“

„Na, hör mal“, Oma Rösel schaut Linus entrüstet an. „Das ist Sachbeschädigung. Die Scheibe von so einem Auto, die kostet bestimmt Tausend Euro.“ Dass sie fast einen Unfall für bestimmt mehr als Tausend Euro verursacht hat, scheint sie vergessen zu haben.

„Von Autos habt ihr aber nicht sehr viel Ahnung."

Oma Rösel legt die Hand über die Augen schaut in den SUV.

„Kannst du nach vorne klettern?", brüllt sie zu Merjem hinein in einer Lautstärke, wie wenn die Scheibe aus doppeltem Panzerglas wäre.

Dana und Linus schauen sich erschrocken um. Ein Mann und eine Frau, die unter einem großen roten Regenschirm spazieren gehen, sehen neugierig zu ihnen herüber. „Braucht ihr Hilfe?", erkundigt sich der Mann.

„Nein, vielen Dank", sagt Linus höflich. „Wir kommen klar."

Die beiden bleiben trotzdem stehen.

Merjem kann nicht nach vorne klettern, zwischen dem Kofferraum und dem vorderen Teil des SUV ist ein Netz gespannt.

„Häng es einfach aus!", rät Oma Rösel.

Merjem drückt gegen die Stange. Tatsächlich, ganz leicht, das Netz rutscht auf die Kartons. „Und jetzt kletterst du vor, an der Fahrertür muss irgendwo ein Knopf sein."

Merjem hangelt sich über die Rückenlehne nach vorne, kann nicht verhindern, dass ein paar von den Kartons zusammengequetscht werden.

In der Seitentür sind mindestens fünf Knöpfe. Welchen soll sie drücken.

„Ist egal, probier sie alle aus."

Merjem drückt den größten Knopf, da ist ein Schlüssel drauf. Klack.

Dana und Linus stoßen zusammen, weil sie gleichzeitig am Türgriff ziehen. Offen. So einfach ist das. Ohne Wagenheber.

Merjem fällt ihnen entgegen. Linus und Dana fangen sie auf.

„Sie machen doch hier nichts Verbotenes?“, fragt der Mann mit dem Regenschirm misstrauisch.

Oma Rösel dreht sich zu ihm um. „Doch“, sagt sie sehr ernst, „ich bringe den Kindern bei, wie man Autos knackt!“ Sie gräbt in ihrer Manteltasche, überreicht dem Mann ihre Visitenkarte. „Falls Sie es auch mal versuchen möchten, berate ich Sie gern.“

Der Mann schaut pikiert zwischen der Karte, Oma Rösel und dem offen stehenden SUV hin und her.

„Die verarscht dich doch, die Alte“, knurrt seine Frau.

Oma Rösel übergibt auch Merjem, Linus und Dana ihre Karte.

Margot Clou de Sabot Allerleidienste Telefon 07956/6339

Oma Rösel, die gar nicht Oma Rösel heißt, lächelt die drei an, dass es so aussieht, als würden die Falten um ihre Augen Rap tanzen.

„Falls ihr mich noch mal brauchen könnt."

Sie dreht sich um, läuft mit energischen Schritten, als würde sie sich immer noch mit den Skistöcken abstoßen, zu ihrem Auto.

Winkend fährt sie an den Dreien vorbei. Linus hebt sein Fahrrad auf. „Los, lasst uns hier abhauen, ehe der Typ wieder kommt."

Von dem Kirchturm am Marktplatz schlägt die Uhr. „Halb Zehn", stellt Dana erschrocken fest. „Auweia, ich muss meinen Vater anrufen."

Linus hält an. Merjem gibt Dana ihr Handy.

„Stell auf Nummer unterdrücken", warnt Linus.

Dana kapiert nicht sofort. „Oder willst du deinem Vater erzählen, dass du dein Handy zufälligerweise jetzt gerade wieder gefunden hast?"

Dana schaut Linus an, als würde ihr erst jetzt klar, dass sie jemanden vor sich hat, der manche Sachen ziemlich gut auf die Reihe kriegt.

Es hat gerade das erste Mal geklingelt, da hebt Niklas schon ab.

„Papa ich bin's!"

„Dana! Was ist passiert? Wo bist du?"

„Nichts Papa, reg dich nicht auf. Ich bin am Marktplatz."

„Ich soll mich nicht aufregen, wenn du nachts um halb zehn allein auf der Straße herummarschierst?“ Die Stimme scheint aus dem Telefon heraus zu springen.

„Ich bin nicht allein, Linus ist bei mir!“

„Bewegt euch nicht von der Stelle, ich bin in fünf Minuten da!“

„Papa wir ...“

„Hast du mich gehört!“

Dana seufzt. „Ja, Papa!“

Linus steigt von seinem Fahrrad herunter. „Meine Mutter tötet mich, wenn sie schon zu Hause ist.“

***

Sie sind bei dem düsteren Soldaten aus Bronze angekommen, der als Denkmal auf dem Marktplatz steht.

Soll Merjem jetzt ganz allein in den Umkleideraum zurück?

Die Frage hängt schweigend in der kalten Novemberluft.

„Willst du mit zu uns kommen?“, fragt Dana. „Soll ich einfach meinem Vater alles sagen?“

Merjem denkt an ihren eigenen Vater, an die Funken, die aus seinen Augen sprühen, wenn er wütend ist und die wie Feuer brennen, wenn sie einen treffen.

Die Stimme von Danas Vater aus dem Telefon klang nach Feuerfunken.

Sie schüttelt den Kopf.

„Ich muss Hannibal was zu fressen geben“, erklärt sie.

Dana umarmt sie. „Bis morgen. Aber wehe, du machst noch mal solchen Unsinn und kletterst in irgendwelche fremden Autos!“

Merjem schüttelt den Kopf. Sie ist zu müde um zu lächeln. Nicht einmal ganz schwach geht. Sie dreht sich um, marschiert los, mitten durch eine Pfütze, die sie nicht gesehen hat. Das Wasser schwappt ihr bis zu den Knien hoch. Sie hustet.

„Morgen bringe ich einen Tauchsieder mit“, verspricht Dana, „dann machen wir ein Dampfbad mit Kräutern.“

„Bis morgen“, ruft Linus ihr hinterher. „Heute kommt Herr Karle bestimmt nicht noch einmal zum Umkleideraum“, versucht er sich selbst zu beruhigen.

Von weitem nähern sich die Scheinwerfer eines Autos. Hastig verschwindet Merjem hinter dem Soldaten.

Das Auto hupt und blinkt.

Danas Vater springt aus dem Auto.

Was den beiden einfällt, um diese Uhrzeit, ohne etwas zu sagen, ob sie sich vorstellen können, was für Sorgen er sich gemacht hat? Das darf Dana nie, nie wieder machen. Und Linus auch nicht. Ob sie das verstanden haben?

Niklas hievt Linus' Rad in den Kofferraum. Das Vorderrad und der Lenker hängen heraus. Das ist ihm egal. No way, dass Linus allein nach Hause fährt. Obwohl es mit dem Rad kürzer ist als mit dem Auto.

10.

Linus ist schon wach, als der Wecker klingelt. In der Nacht ist er ein paar Mal aufgewacht, weil er an Margot Clou de Sabot, den Typ mit den Bürstenhaaren und Herrn Karle gedacht hat. Es ist zu gefährlich im Umkleideraum. Merjem muss da weg.

„Möchtest du auch einen Toast?“ Katrin sitzt im Bademantel in der Küche und schmiert Schulbrote ohne Wurst und ohne Schinken. Gestern Abend hat sie nicht allzu viel Fragen gestellt, aber sie haben die Abmachung, dass er abends spätestens um acht zuhause ist.

„Sag mal, ich wollte dich fragen, ob …“, Katrin schiebt die Brote zu ihm herüber.

Aber dann sie fragt sie doch nichts, kringelt bloß eine Strähne ihrer blonden Haare um den Finger und lächelt geistesabwesend. Es wäre besser, wenn sie einfach vernünftig schimpfen würde.

Katrin nippt an ihrem Kaffee.

„Das war sehr nett von Danas Vater, dass er dich nach Hause gebracht hat.“

Linus verzieht das Gesicht. Mit dem Fahrrad wäre er schneller gewesen.

Aber ihr jetzt zu widersprechen, wäre nicht gut. Linus versucht sich irgendetwas über Danas Vater aus dem Gehirn zu wringen. Besser sie reden über Danas Vater als über gestern Abend.

„Er fährt Dana morgens in die Schule.“ Mehr weiß er nicht über Danas Vater. Katrin lächelt weiter vor sich hin und sagt schon wieder nichts. Warum lächelt sie denn jetzt so komisch? Linus rutscht nervös auf seinem Stuhl herum. Ob er einfach gehen kann? Vorsichtig steht er auf.

„Frau Fischer hat uns gesagt …“, setzt seine Mutter an.

Linus sackt auf dem Stuhl zurück. Gestern war Elternabend, daran hat er überhaupt nicht mehr gedacht. Natürlich hat Frau Fischer seiner Mutter gesagt, dass er gestern nicht in der Schule war.

Katrin schüttet sich Milch in ihren Kaffee und beendet den abgebrochenen Satz: „Frau Fischer hat uns gesagt, dass das Mädchen aus deiner Klasse, das sie abgeschoben haben, wahrscheinlich noch hier ist. Sie ist abgehauen, in der Nacht, als die Polizei gekommen ist, wusstest du das?“

Linus schielt zu seiner Mutter herüber. Ist das eine echte Frage, oder weiß sie was? Er packt die Brote in seine Schultasche, um nicht sofort antworten zu müssen.

„Ja“, sagt er dann, „ja, das wussten wir alle. Unser Hausmeister hat ja überall Flyer aufgehängt.“

Katrin schaut ihn grimmig an.

„So eine Gemeinheit! Mitten in der Nacht sind sie gekommen! Das machen die absichtlich, damit es keiner sieht!“

* * *

Auch Dana sitzt müde vor ihrem Frühstücksbrötchen. Auch sie hat nicht gut geschlafen. Sie hat sich vorgestellt, dass sie allein in dem Umkleideraum sein müsste. Zu der Kälte und Herrn Karle kommt jetzt auch noch der Typ mit den Bürstenhaaren dazu.

Niklas schmiert Pausenbrote. Genau wie Katrin hat er sich schon daran gewöhnt, dass es mindestens fünf Brote sein müssen, aber dass keine Wurst und kein Schinken drauf darf.

Dana gießt sich einen kleinen Schluck Kaffee ein, schüttet heiße Milch drüber, ihr Brötchen rührt sie nicht an.

„Keinen Hunger?“, fragt Niklas.

Dana schüttelt den Kopf.

„Sag mal, könntest du dir vorstellen …“, Niklas hört auf, Brote zu schmieren, schaut sie ernst an. Dana wird nervös. Wenn er so guckt, dann ist meistens irgendwas nicht in Ordnung. Ist er immer noch sauer wegen gestern Abend? Sie wartet, dass er den Satz zu Ende bringt, aber er rührt in seinem Kaffee herum, obwohl es da gar nichts zu rühren gibt, weil er ihn immer schwarz trinkt.

„Was könnte ich mir vorstellen?“, fragt sie nach einer Weile.

„Könntest du dir vorstellen, dass …“, Niklas hört auf zu rühren, „also dass h… hier … bei uns … also dass wir vielleicht …?“

Nein, mit gestern Abend hat es nichts zu tun, wenn er so herumstottert.

„… also, dass vielleicht hier bei uns … also … dass wir hier nicht mehr alleine sind?“

Danas Müdigkeit ist schlagartig verschwunden. Erschrocken schaut sie ihren Vater an.

„Wie, nicht mehr alleine?“ Weiß er irgendetwas von Merjem?

Niklas fängt ihren erschrockenen Blick auf. „Findest du nicht, dass es manchmal hier bei uns ein bisschen leer ist?“, fragt er.

Sein Handy piepst. Viertel vor acht. Sie sind schon wieder zu spät.

Als sie im Auto sitzen, murmelt er. „Naja, vielleicht ist es ja auch noch viel zu früh.“ Dana schielt zu ihm herüber. Heute wird man wirklich nicht schlau aus ihm.

***

Merjem steht unter der Dusche. Die grüne Farbe verschwindet im Abfluss. Sie lässt die Haare vom Händetrockner trockenpusten. Immerhin ein Vorteil, das geht bei kurzen Haaren ganz schnell. In einer Spiegelscherbe betrachtet sie ihr Gesicht. Auch ohne die grünen Haare sieht sie immer noch ganz anders aus, als sie sich in Erinnerung hat.

Hannibal streicht um sie herum und miaut. Er hat Hunger, genau wie sie. Wenn sie die Augen zumacht, sieht sie einen Berg Pommes vor sich. Sie kann sie sogar riechen. Ihre Mutter macht sie selbst. Sie hat eine Fritteuse. Aber vielleicht haben die Leute aus dem Restaurant auch die Fritteuse mitgenommen. Ihr ist fast schlecht vor Hunger. Bis die Schule aus ist, sind es bestimmt noch vier Stunden.

Sie schließt die Tür der Umkleide ab, hängt den Schlüssel in das Kabuff. Von der Schule klingt ein Chor herüber. *Freude schöner Götterfunken.* Sie summt leise mit. Das hat sie auch gelernt. Sie haben es mit der Klasse für den Tag der deutschen Einheit geübt.

Sie kommt an ihrem Haus vorbei, will genau wie gestern Abend einfach schnell weiter gehen. Aber ihre Beine werden bleischwer. Ein Gefühl, dass sogar den Hunger vertreibt. Wie wenn man schwimmen will, aber an die Füße sind schwere Steine gebunden. Sie muss den Beinen jeden einzelnen Schritt befehlen.

Sie schließt die Augen.

Die Haustür geht auf, ihre Mutter steht da. „Wo bist du denn so lange gewesen Merjem? Wir haben uns solche Sorgen gemacht." Sie streckt die Arme nach ihr aus.

Sie macht die Augen wieder auf. Aber in der Tür steht nicht ihre Mutter. Da steht der Nachbar von oben drüber. Herr Königstein oder wie der heißt. Er sieht zu ihr herüber.

„Suchst du jemanden?"

Merjem starrt ihn stumm an.

„Bist du mit der Kleinen befreundet, die hier gewohnt hat?", fragt er.

Jetzt schafft Merjem doch eine Bewegung. Sie schüttelt den Kopf und nickt gleichzeitig.

Herr Königstein kommt mit sportlichen Hüpfschritten die drei Stufen der Treppe herunter, mit dem Schlüssel in der vorgestreckten Hand peilt er sein Auto an.

„Die wohnt nicht mehr hier, die haben sie vor ein paar Tagen abgeholt."

Neben ihr klackt die Verriegelung. Er steigt in sein Auto, lässt das Seitenfenster herunter, als er an ihr vorbei fährt. „Die ist zurück in Albanien, das kannst du mir glauben!", ruft er zu ihr heraus und lässt das Fenster wieder hochfahren.

Sie hustet, zäher grüner Schleim kommt aus ihrer Lunge. Das Auto fährt die Straße herunter, sie hustet immer noch, als es schon längst nicht mehr zu sehen ist.

Im Supermarkt steuert Merjem den Wurst- und Käsestand an. Die freundliche Verkäuferin wiegt Schinken und Salami für eine Kundin aus, schneidet nebenbei ein Brötchen auf, das zufällig vor ihr zu liegen scheint, steckt ein großes Stück Fleischwurst zwischen die beiden Hälften reicht Merjem das Brötchen über die Theke.

Merjem zögert. Fleischwurst ist Schwein, Schwein ist verboten, aber sie hat seit gestern Abend nichts mehr gegessen. Sie beißt hinein. Der kühle salzige Geschmack der frischen Fleischwurst vermischt sich mit dem Brötchen. Fleischwurst und Brötchen rutschen in den Magen, verbreitet Wärme im Bauch.

Die Verkäuferin mustert ihre Haare. Ohne die grüne Farbe erkennt sie Merjem wieder. „Schade, dass du die abgeschnitten hast."

Sie reicht der Kundin die Tüte. „Ist bei euch zuhause was nicht in Ordnung? Ich habe deine Mutter schon so lange nicht mehr gesehen."

„Sie ist ... ist ...", krächzt Merjem. Der Hustenanfall vorhin hat ihre Stimme ganz wund gemacht. „Sie ist im Krankenhaus!"

Die Verkäuferin schaut sie mitleidig an. „Willst du noch ein Brötchen?"

Merjem nickt stumm.

„Noch mal Wurst oder lieber was anderes?"

„Käse", murmelt Merjem, obwohl die Fleischwurst wirklich sehr gut geschmeckt hat.

Merjem verlässt den Supermarkt, geht raus auf den Parkplatz, schlängelt sich durch die Autos zu den Müllcontainern. Vielleicht findet sie dort noch etwas für Hannibal. Sie stemmt den Deckel auf, hält die Luft an. Es stinkt ekelig, obwohl der Container fast leer ist. An die Sachen, die am Boden liegen, kommt sie nicht heran, ihre Arme sind zu kurz. Sie versucht es beim Nachbarcontainer, aber da liegen nur zusammengefaltete Pappkartons. Hoffentlich bringt Linus Milch mit.

* * *

Als Linus nach dem Unterricht sein Fahrrad losschließt, steht Leonie neben ihm. „Dana hat sich in Jeremy verknallt!“, verkündigt sie ihm mit Schadenfreude in der Stimme.

Linus richtet sich auf. „Hat dich jemand danach gefragt?“

„Glaubste mir nicht?“ Leonie hält Linus das Foto vor die Nase, auf dem Jeremy Dana die Tür aufhält. Der Kopf ist halb abgeschnitten, und außerdem ist das Foto verwackelt.

„Pah, das ist doch kein Beweis.“

Leonie wischt über das Display. Das nächste Foto erscheint. Ganz klein ist ein Herzchen zu erkennen. Leonie macht das Herzchen größer. Im Herzchen steht auf der einen Seite ‚Jeremy‘ und auf der anderen ‚Dana‘. Sie grinst Linus triumphierend an. „Hat sie gestern in ihr Heft gemalt!“

Er zerrt sein Rad aus dem Ständer, wirbelt das Vorderteil herum. Leonie muss einen Satz zur Seite machen, sonst hätte er es ihr in die Seite gerammt. Er springt auf, steigt wütend in die Pedale.

„Hey, du hirnamputierter Waldwichtel“, zetert Leonie hinter ihm her.

Er fährt am Feldweg, der zur Umkleide abbiegt, vorbei. Zornig zerrt er am Lenker, verlagert ohne richtig aufzupassen das Gewicht nach hinten, das Vorderrad steigt hoch, aber er kann das Gleichgewicht nicht halten, das

Hinterrad flutscht unter ihm hindurch, er streckt die Beine aus, lässt den Lenker los. Das Pedal knallt ihm gegen den Unterschenkel. Er stolpert, flatscht auf den Asphalt. Hinter ihm quietscht eine Bremse.

Merjem hört das Quietschen, ein rotes Auto macht einen Schlenker, fährt hupend weiter. Sie sieht Linus auf der Straße liegen, das Rad ist fünf Meter weiter geschlittert.

Sie rennt los, es sticht in der Brust.

Erst als sie sieht, dass Linus sich aufrichtet, wird sie langsamer.

Er setzt sich auf den Bürgersteig. Sie hebt das Rad auf, lehnt es an einen Baum, hockt sich neben ihn.

„Wie kommst du denn hier her?"

Blöde Frage.

Er betastet sein schmerzendes Bein. Eine Weile bleiben sie nebeneinander auf dem Bürgersteig sitzen.

Linus reibt seine Wade und starrt vor sich hin.

„Hast du dir weh getan?"

Auch ne blöde Frage, aber Linus beantwortet sie.

„Ein bisschen." Er steht auf, probiert das Bein aus, gegen das das Pedal geschlagen ist. Geht. Er kann drauf stehen. Auch laufen.

„Komm, gehen wir rein, Mittagessen."

Vor dem Umkleideraum steht Dana mit einer Flasche Milch für Hannibal. Merjem schließt den Umkleideraum auf. Linus geht hinein, ohne Dana eines Blickes zu würdigen, kickt mit dem Fuß ein paar Spiegelscherben zur Seite.

Merjem schickt Dana einen fragenden Blick, Dana zuckt mit den Schultern.

Sie setzen sich in dem großen Raum auf die Bänke, Linus und Dana holen ihre Brote heraus, Merjem legt ihrs dazu, keiner sagt ein Wort, nur Hannibal miaut. Dana gießt ihm ein bisschen Milch in den Turnschuh.

Linus betrachtet den Bluterguss, den er am rechten Bein hat.

Schweigen.

Irgendwann packt auch Linus eines der Brote aus, bedenkt dabei Dana mit einem so finsteren Blick, dass Merjem es kaum schafft, weiter zu kauen und Dana der Appetit vergeht, bevor sie überhaupt angefangen hat, was zu essen.

Hannibal springt auf Merjems Schoss. Linus' Blicke und das Schweigen macht die klamme Kälte im Umkleideraum noch kälter. Nur Hannibal ist wie immer, Merjem vergräbt ihre Hand in seinem Fell.

„Was ist denn los?“, will Dana irgendwann wissen, aber Linus schnauft nur verächtlich und kaut so heftig an seinem Brot, als wäre das Brot der Grund für seinen Zorn.

Im Umkleideraum ist es so still, dass man das Kauen hören kann.

Merjem versucht ihr Husten zu unterdrücken, damit Hannibal auf ihrem Schoß sitzen bleibt. Aber auch mit Hannibal auf dem Schoß hält sie das Schweigen von Linus nicht aus.

„Ihr braucht nicht hier sein, wenn ihr nicht wollt!“, murmelt sie, dann kann sie den Husten nicht mehr halten, er ist so stark, dass sie zum Waschbecken muss, alles ausspucken, was da raus kommt. Hannibal flüchtet auf die Taschenablage.

Als sie zurückkommt, hat sie Tränen in den Augen, nicht weil sie heult, sondern wegen dem Husten.

„Klar wollen wir hier sein“, versucht Dana, Merjem zu beruhigen, obwohl es im Moment gar keinen Spaß macht, hier in dem kalten Umkleideraum zu stehen und Linus zu ertragen.

Linus stopft sich den Rest von seinem Brot in den Mund, steht auf. „Aber ich nicht, ich habe keine Lust, hier zu sein. Los, wir gehen in die Stadt.“

11.

Die Novembersonne hat ein paar Wolken überlistet und spiegelt sich in den Pfützen auf dem Bürgersteig.

Merjem bleibt vor dem Schaufenster mit den grünen Schuhen stehen. Sie sind noch da, und sie sind heruntergesetzt, sie kosten nur noch fünfundvierzig Euro.

Hinter ihr haben Linus und Dana wieder angefangen zu reden. Sie streiten, wegen der zehn Euro, die er immer noch nicht zurückgezahlt hat und dann wegen eines Jungen namens Jeremy. Merjem kennt ihn, er geht in die

Achte, und es stehen immer ein paar Mädchen um ihn herum. Es kommt ihr so vor, als wäre es eine Ewigkeit her, dass sie in die Schule gegangen ist. Die Stimmen von Dana und Linus werden lauter, sie dreht sich zu den beiden um. „Hört auf“, bittet sie, „hört bitte auf zu streiten.“ Aber die beiden hören nicht auf. Sie hat es auch nur sehr leise gesagt. Langsam geht sie die Straße herunter. Sie betrachtet das Gitter eines Abflusses am Straßenrand. Zwischen den Gitterstäben ist nichts, nur Schwarz. Das Schwarz zieht sie an wie ein riesiger Magnet. Wenn die Gitterstäbe nicht wären, würde sie in dem schwarzen Loch nach unten verschwinden, und wenn sie die grünen Schuhe anhätte, würden nur die von ihr übrig bleiben.

„Merjem, wo willst du denn hin?“ Danas Hand auf ihrer Schulter.

Sie schaut auf. Für einen Augenblick kommt ihr Danas Gesicht fremd vor, als ob das Gesicht gar nicht Danas Gesicht wäre, sondern nur ein Foto.

„Weißt du was, wir holen dir die grünen Schuhe.“ Das ist die Stimme von Linus.

Dana nimmt die Hand von Merjems Schulter. „Du hast doch gerade gesagt, du hast kein Geld.“

„Ich brauche kein Geld, gestern haben wir auch ohne gefrühstückt, stimmt's Merjem?“

Sie braucht einen Augenblick, um wieder aus dem schwarzen Loch aufzutauchen. Linus grinst sie an. „Willst du?“

„Wie denn?"

„Wir klaufen die Schuhe."

Klaufen, was soll das heißen. Merjem schaut zu Dana hinüber.

Dana zeigt Linus einen Vogel. „Bist du verrückt? Das ist viel zu gefährlich!"

„Merjem braucht die Schuhe!" Linus deutet auf die durchgeweichten Plastikplotschen. „Mit denen da kann sie nicht mehr lange gehen – oder sie stirbt an einer Lungenentzündung."

Merjem betrachtet die Plotschen. Die Farbe kann man kaum noch erkennen und der Riss ist größer geworden.

„Ich mach da nicht mit!", erklärt Dana.

Linus schaut sie voller Verachtung an. „Dann geh doch für deinen Jeremy Klavierspielen!"

Er nimmt Merjems Hand. Merjem zögert aber lässt sich dann von ihm mitziehen. Dana bleibt einen Moment lang stehen.

„So ein Vollidiot", murmelt sie, aber dann läuft sie den beiden doch hinterher. Mit so einem Idioten kann sie Merjem nicht alleine lassen.

* * *

Am Fuß der Rolltreppe warten sie ab, bis noch andere Kunden in die Sportabteilung hochfahren. Eine pummelige kleine Mutter mit roten Apfelbacken und ihre pummelige kleine Tochter mit genau solchen Backen setzen sich auf die niedrigen Sesselchen. Eine Verkäuferin eilt auf sie zu, die andere ist mit einem Jungen mit blond gefärbten Haaren beschäftigt.

Merjem und Dana schauen sich bei den Fleece-Jacken um. Dana geht weiter zu den Trainingsanzügen. Sie kommt an der Rolltreppe vorbei, die wieder nach unten führt. Soll sie einfach runterfahren, einfach nach Hause gehen, einfach vergessen, was Linus hier machen will?

Merjem beobachtet Linus durch das Regal mit den Fleece-Jacken, er hat sich ebenfalls auf einem der Sesselchen niedergelassen.

„Ich möchte gern die grünen Schuhe probieren, die im Fenster stehen!“, Merjem murmelt den Satz vor sich hin, damit sie gleich nicht ins Stottern kommt.

Linus wartet geduldig, bis eine von den hin und her flitzenden Verkäuferinnen ihn bemerkt. „Kann ich bitte die weißen Basketballschuhe probieren, Größe 40 oder 41.“

Die Verkäuferin verschwindet im Lager.

Linus macht Dana ein Zeichen. Dana steht immer noch an dem Kleiderständer neben der Rolltreppe. Letzte Chance, einfach runterzufahren und zu verschwinden. Sie hört Merjem hinter dem Regal husten.

Die Verkäuferin bringt Linus die Basketballschuhe in Größe 40. 41 ist im Moment nicht da.

Dana nimmt ihren ganzen Mut zusammen, verlässt die schützende Deckung der Trainingsanzüge, setzt sich weit weg von Linus.

Die zweite Verkäuferin kommt auf sie zu. Was soll sie jetzt sagen? Sie hat gar nicht darüber nachgedacht, welche Schuhe sie probieren will. Und hinter ihr steht dieses unangenehme Gefühl, dass sie beobachtet wird, bei dem, was sie da gerade macht.

Die Verkäuferin lächelt sie professionell an.

„Kann ich dir helfen?"

Dana nickt. Ein hilfloser Blick zu Linus.

Der ist damit beschäftigt, die Schnürsenkel in die Stiefel zu pfriemeln.

Es ist viel schlimmer, als wenn man in der Schule aufgerufen wird und nichts weiß. Sie hat einen vollkommen trocknen Mund. Gleichzeitig wird ihr heiß im Gesicht, obwohl ihre Finger eiskalt sind.

„Fräuleinchen, ich hab nicht ewig Zeit, du siehst doch, was hier los ist!"

Fräuleinchen??? Sie schaut die Verkäuferin empört an.

„Die Sneakers!", schnauft sie zornig.

„Was bitte?" Die Verkäuferin beugt ihr Ohr zu Dana herunter.

Ist die schwerhörig?

„Sneakers!", wiederholt Dana.

„Welche Größe?"

„37 oder 38."

„Farbe?"

„Weiß ich noch nicht, das will ich ja gerade probieren."

Die Verkäuferin seufzt sanft.

„Nicht vielleicht doch irgendeine Lieblingsfarbe? Pink oder hellblau oder so, sonst sitzen wir hier morgen früh noch, bis du sie alle durchprobiert hast."

Dana schüttelt gnadenlos den Kopf.

Die Verkäuferin seufzt tief, hastet zum Lager.

Merjem schiebt sich an dem Regal vorbei, setzt sich so weit wie möglich weg von Linus und Dana. Danas Verkäuferin saust an ihr vorbei. Merjem schielt zu Linus herüber, aber der schaut absichtlich in eine andere Richtung. „*Freunde schöner Götterfunken*", murmelt Merjem. Gott sei Dank nicht laut. Wieso kommt ihr jetzt dieses doofe Lied in die Quere.

„Ich möchte gern die grünen Schuhe probieren, die im Fenster stehen!"

Der Satz war laut und deutlich, und sie hat seit mindestens zehn Minuten nicht gehustet.

„Größe?", erkundigt sich die erste Verkäuferin in Richtung Merjem, stellt zwei Kartons vor Dana. „Probier erstmal, ob du 37 oder 38 brauchst", fordert sie sie auf.

„Ich habe 39", bemerkt Merjem.

Linus versucht seine Füße in die Basketballschuhe zu zwängen.

Dana fummelt das Papier aus ihren Schuhen. Eine Verkäuferin stellt einen Karton vor Merjem.

Linus bittet um einen Schuhanzieher.

Behutsam nimmt Merjem den Deckel ab, schiebt das Papier zur Seite. Da liegen sie, und sie sehen genau so aus, wie der Schuh aus ihrem Traum.

Dana geht mit einem Paar altrosa Sneakers vor dem Spiegel auf und ab. Der Blick des pummeligen Mädchens folgt ihr bewundernd.

„Passen sie?“, fragt die Verkäuferin.

Dana nickt, aber die Farbe gefällt ihr nicht. „Gibt es die Schuhe auch in gelb?“

Merjem will in die grünen Schuhe hineinschlüpfen, stößt mit den Zehen an das Papier im Hohlraum. Hastig puhlt sie es heraus, zieht die Schnürsenkel durch die Löcher.

Linus hat sich in die Basketballschuhe gezwängt. Sie sind eindeutig zu eng.

„Nimm eine andere Marke, die haben wir in 41 da“, rät ihm seine Verkäuferin.

Linus scheint zu überlegen. „Probieren kostet nichts“, versucht ihn die Verkäuferin zu überzeugen.

„Okay“, Linus nickt.

Merjem streift die Schuhe über, sie sind ein bisschen groß, aber genau richtig, um zwei Paar Socken reinzuziehen.

Merjem steht auf. Ein kurzer Blick zu Linus.

„Geh!!!“, ist in seinen Augen zu lesen.

Merjem geht langsam auf die Rolltreppe zu. Das hat Linus ihr vorher eingeschärft.

Sie darf auf keinen Fall rennen.

Sie erreicht die Rolltreppe.

Dana öffnet den Karton, den ihre Verkäuferin ihr gebracht hat. Merjem entschwindet in die untere Etage.

„Die sind nicht gelb, die sind ocker", stellt Dana fest. Ihre Stimme ist ein bisschen wackelig.

„Ocker ist jetzt modern!", behauptet die Verkäuferin. „Ocker, rostbraun und grün, das sind die Farben des kommenden Jahres." Dabei gleitet ihr Blick durch den Raum über das Sesselchen, auf dem Merjem vorher gesessen hat.

Dana will etwas sagen, aber jetzt ist ihr Mund wieder ganz trocken und die Hände eiskalt.

Linus nimmt die Schuhe aus dem Karton, die die Verkäuferin ihm gebracht hat. „Die sind zu groß!", versucht er ihre Aufmerksamkeit auf sich zu lenken.

Die Verkäuferin hat bemerkt, dass irgendetwas nicht stimmt, aber ihr Gehirn hat noch nicht erfasst, was.

Ihr Blick wandert von Linus zu Merjems leerem Platz, zu dem leeren Karton, neben dem ein paar schmutzige lila Crocs stehen. Sie sieht sich suchend in Richtung Spiegel um, der einsam auf dem grauen Noppenboden steht. Sie saugt die Luft ein. Ihre kurzgeschnittenen Haare scheinen sich senkrecht aufzurichten wie die Stacheln eines Igels, dann stößt sie einen spitzen Schrei aus. Die andere Verkäuferin lässt erschrocken die Schuhe fallen, die sie gerade dem pummeligen Mädchen reichen wollte. Das Mädchen bringt sich hinter dem Rücken seiner Mutter in Sicherheit.

Dana zieht hastig die altrosa Sneakers aus und ihre eigenen Schuhe wieder an. Nichts wie weg hier. Es gelingt ihr nicht, sich an Linus' Order zu halten, auf keinen Fall loszurennen. Sie springt auf. Die Hand einer Verkäuferin krallt sich in ihren Arm. Sie versucht, ihn frei zu bekommen. Die Verkäuferin hält sie fest.

Linus bleibt auf seinem Sesselchen sitzen, als ginge ihn die ganze Sache nichts an.

***

Merjem hat den Ausgang erreicht. Langsam gehen, nicht umdrehen, hämmert durch ihr Hirn. Sie zieht die Tür auf, die kalte Herbstluft strömt ihr entgegen. Tief durchatmen, langsam gehen, nicht umdrehen. Die Tür schwingt hinter ihr zu. Langsam gehen, nicht umdrehen. Auch nicht, wenn du draußen bist. Zehn Schritte schafft sie noch, dann rennt sie los. In diesen Schuhen muss sie nicht mehr bei jedem Schritt aufpassen, dass sie sie verliert. Ein Gefühl, als ob sie schwebt.

***

Der Leiter der Sportabteilung steht vor Linus und Dana.

Bürstenhaarschnitt und rote Brille. Dana schielt zu Linus herüber. Sie ist sich nicht ganz sicher. Linus atmet tief durch.

„Ein Junge ist hier hereingekommen“, berichtet eine der Verkäuferinnen.

„Nein, es war ein Mädchen“, fällt die andere ihr ins Wort, „und das Mädchen ist mit diesen beiden Rabauken hereingekommen.“ Sie zeigt mit ausgestrecktem Zeigefinger auf Dana und Linus.

„Nein, das stimmt nicht!“ Das pummelige Mädchen hat sich wieder hinter seiner Mutter hervorgetraut. Sie deutet auf Dana. „Sie ist ganz allein gekommen, stimmt doch Mama, oder?“ Ihre Mutter nickt: „Ich hab mich noch gewundert, dass die Kinder hier alle ganz allein Schuhe kaufen kommen“, bestätigt sie.

„Vielleicht sind sie einzeln reingekommen“, gibt die Verkäuferin zu, aber das Mädchen, das die Schuhe gestohlen hat, steckt mit denen hier unter einer Decke, da bin ich mir sicher!“

„Es war ein Junge!“, mischt sich die andere Verkäuferin ein. „Er hatte doch ganz kurze Haare.“

„Mädchen haben heutzutage auch kurze Haare“, blafft die Kurzhaarige ihre Kollegin an.

„Aber doch nicht *so* kurz!“, verteidigt sich die andere.

Linus steht auf.

„Hinsetzen!“, schnauzt der Abteilungsleiter ihn an.

Linus bleibt stehen.

Der Abteilungsleiter wendet sich an Dana.

„Kennst du den Jungen oder das Mädchen, das die Schuhe gestohlen hat?“

Dana schüttelt stumm den Kopf.

„Du?“, will der Abteilungsleiter von Linus wissen.

Linus zuckt die Schultern. „Welches Mädchen?"

Der Abteilungsleiter baut sich breitbeinig vor Linus auf. „Jetzt tu nicht so dumm!"

Linus verschränkt die Arme vor der Brust. „Ich habe nichts gemacht, ich habe nur Schuhe anprobiert! Und ich will jetzt nach Hause."

„Und du hast natürlich auch nur Schuhe anprobiert!", stellt der Abteilungsleiter zu Dana gewandt fest. Dana nickt. Das Nicken geht schon wieder ganz gut.

Wie Linus es schafft zu reden, ist ihr ein Rätsel.

„Na, dann wollen wir mal euren Eltern Bescheid sagen!"

***

Dana und Linus sitzen im Büro des Abteilungsleiters. Ihm gegenüber sitzt Niklas, Katrins lila Mantel liegt über einem zweiten Stuhl.

Niklas legt ein Handy auf die glänzende Schreibtischplatte, und schaltet die Aufnahmefunktion ein. „Ich darf doch …?", fragt er höflich.

„Bittebitte!" Der Abteilungsleiter nickt großzügig.

Katrin, etwas außer Atem, hastet herein, schickt dem Abteilungsleiter ein entschuldigendes Lächeln, das der trotz des Ernstes der Lage erwidert. Dann lässt er das Überwachungsvideo laufen.

Zunächst sieht man die pummelige Mutter und ihre pummelige Tochter, dann Linus, wie er sich hinsetzt, später Dana. Dann kreuzt eine dicke blaue Skijacke den Raum.

Linus hält die Luft an, Dana macht einfach die Augen zu.

Merjems Kopf ist in der Skijacke verschwunden. Die Skijacke setzt sich, aber das Sesselchen ist außerhalb der Bildkante. Man sieht nur ein Stück von der Jacke und die Hosenbeine, eins davon mit einem Riss über dem Knie, und die schmutzigen lila Plastikplotschen. Etwas später sieht man die Jacke von hinten mit Schuhen in Richtung Rolltreppe gehen.

„Das ist leider kein Bagatelldelikt. Das sind Markenschuhe, die schon im Einkauf fast vierzig Euro kosten“, erklärt der Abteilungsleiter Niklas und Katrin.

„Wussten Sie, dass mindestens zwanzig Prozent aller Markensachen gefälscht sind?“, fragt Linus gleichmütig.

Der Abteilungsleiter dreht sich so heftig zu ihm um, dass ihm seine Brille runter fällt, Linus direkt vor die Füße. Linus sammelt sie auf, reicht sie ihm höflich zurück. „Brillen ... Jeans ... und auch Schuhe. Und manchmal werden die dann sogar in Kaufhäusern verkauft“, setzt er hinzu, „mit einem fast echten Logo.“

Der Abteilungsleiter räuspert sich, als wollte er etwas erwidern, aber bleibt stumm.

Katrin und Niklas schauen Linus irritiert an.

„Also, fassen wir noch mal zusammen“, sagt Niklas schließlich. „Erstens: Ein Junge oder ein Mädchen hat grüne Schuhe entwendet. Zweitens: Meine Tochter und ihr Sohn", er deutet zu Katrin herüber, „haben sich zufällig zur gleichen Zeit im selben Raum aufgehalten, in dem die Schuhe entwendet worden sind. Und drittens: Aus dieser zufälligen Zeit- und Ortsgleichheit schließen Sie, dass unsere Kinder an dem Schuhdiebstahl beteiligt waren? Habe ich das richtig verstanden?"

Der Abteilungsleiter nickt nervös.

„Haben Sie denn dafür irgendeinen Beweis?", fragt Katrin.

„Tja, also vielleicht ...", der Abteilungsleiter zuckt hilflos die Schultern.

„Also nicht!", stellt Niklas fest.

„Vielleicht habe ich die Kinder etwas voreilig verdächtigt", murmelt der Abteilungsleiter. „Das täte mir wirklich leid."

„Ja dann", Niklas steht auf, „dürfen wir uns wohl verabschieden."

Katrin steht ebenfalls auf, Linus und Dana folgen ihnen. Als Linus am Abteilungsleiter vorbeikommt, schaut er ihn noch einmal kurz an, so, als wollte er noch etwas Wichtiges hinzufügen, aber er lässt es sein. Der Abteilungsleiter nickt mit gefrorener Freundlichkeit.

Als sie draußen sind, will Niklas wissen, wie Dana auf die Idee gekommen ist, alleine Schuhe zu kaufen, und wo sie das Geld dazu herhat.

Genau dasselbe will Katrin auch von Linus wissen.

Linus denkt kurz darüber nach, seiner Mutter die Sache mit den gefälschten Schuhen zu erklären. Aber dann müsste er Merjem verraten, das ist jetzt zu kompliziert.

„Ich wollte die Schuhe nur mal probieren, ich brauch sowieso bald ein Paar neue."

„Und ich bin mitgegangen", hängt sich Dana eilig an Linus an.

Sie sitzen alle in Niklas' Auto. Niklas will Katrin ins Bistro bringen. Sie müsste eigentlich schon seit einer Stunde arbeiten.

„Und den Jungen oder das Mädchen, das die Schuhe geklaut hat, habt ihr tatsächlich nicht gekannt?"

Linus schüttelt den Kopf, Dana ebenfalls.

„Er oder sie hatte nicht zufällig eine grüne Haarsträhne?", will Niklas wissen.

„Keine Ahnung", sagt Linus, „ich hab da nicht so genau hingeguckt."

„Frau Fischer hat bei der Elternversammlung gestern gesagt, es gibt keinen Jungen bei euch in der Klasse, der Ricki heißt", bemerkt Katrin.

Niklas hält vor einer roten Ampel.

Vor ihnen überquert ein Pärchen eng umschlungen den Zebrastreifen.

„Er ist nicht bei uns, sondern in der Parallelklasse." Das hat er seiner Mutter doch auch gestern schon gesagt.

„Parallelklasse!", knurrt Niklas.

Linus peilt zu Dana herüber.

Jetzt könnte sie ja mal die Verteidigung übernehmen. Irgendeine Erklärung müssen sie ja wohl abgeben.

Kann sie nicht. Sie hat gar nicht gehört, was Niklas gesagt hat. Sie starrt auf das Pärchen, das vor lauter Knutschen kaum über die Straße kommt.

Das ist Jeremy!

Jeremy und die blonde Tante aus der Siebten. Dana will weggucken, aber das geht nicht. Sie muss zuschauen, wie die beiden fast in einander hineinkriechen. Die Ampel schaltet auf Grün. Die beiden sind noch nicht am Bürgersteig angekommen. Niklas bremst den Wagen rücksichtsvoll ab. Jeremy schaut auf, lächelt Niklas entschuldigend an, zieht die Blonde zum Straßenrand, aber nur, um sich gleich wieder in sie zu verheddern.

Katrin schielt nervös auf ihr Handy.

Hinter ihnen hupen Autos. Niklas fährt los.

„Katrin, sag du doch mal etwas?"

Katrin? Die duzen sich? Er hat sich neulich also nicht verhört. Linus will sich bei Dana vergewissern, ob sie das auch mitbekommen hat, aber Dana starrt nach draußen, als hätte sie dort gerade Lord Voldemort vorbeigehen sehen. Sie ist ganz blass im Gesicht.

Niklas hält vor der ECHTZEIT.

Katrin klettert aus dem Auto. „Lasst uns das morgen alle zusammen besprechen", schlägt sie vor, „morgen Nachmittag habe ich frei."

Bevor sie die Tür zufallen lässt, bittet sie Niklas:

„Könntest du vielleicht Linus zu meinem Bruder bringen!“

Linus stöhnt auf. „Aber ich hab doch die Sachen für die Schule gar nicht dabei.“

„Das regeln wir schon irgendwie morgen früh, aber ich möchte auf keinen Fall, dass du heute Abend alleine bist.“

„Wo wohnt denn dein Bruder?“

„Akazienstraße 17.“ Linus registriert, wie seine Mutter Danas Vater anlächelt. Es ist ein ganz anders Lächeln als das für den Abteilungsleiter vorhin.

„Danke.“ Die Autotür klappt zu. Katrin hastet davon.

Niklas dreht sich zu Linus und Dana um. „Passt mal auf, ihr beiden. Morgen möchte ich diesen Ricki kennenlernen.“

Dana sitzt da wie eine Salzsäule. Linus kickt sie mit dem Schuh an. Jetzt kann sie doch endlich mal was sagen, ist ja schließlich ihr Vater.

„Parallelklasse“, knurrt Niklas, „wehe ich kriege morgen noch mal so eine blöde Geschichte aufgetischt.“

12.

„Du musst jetzt sofort den Kopf rüber halten und einatmen, so heiß du kannst!“
Gehorsam beugt sich Merjem über den Eimer, der heiße Dampf steigt aus dem Topf, verbreitet den würzigen Geruch von Thymian, Eukalyptus und Pfefferminz.

Dana legt ihr das in der Mitte zusammengefaltete Laken über den Kopf.

„Merjem muss so schnell wie möglich hier weg?“, flüstert Linus.

Dana beugt sich zu Merjem herunter. „Mein Vater will dich kennenlernen. Er will uns alle zum Essen einladen“, erklärt sie Merjem. „Wir sollen um vier in ein Restaurant kommen, das Sky Kalaja heißt.“

Das hellblaue Laken schnellt hoch. Dana kann gerade noch ihren Kopf in Sicherheit bringen.

„Ins Sky Kalaja …?!“

Merjems Stimme erstickt in einem Hustenanfall.

„Das ist ein türkisches Restaurant oder so, da kriegt man auch um vier noch …“ Dana horcht nach draußen. War da nicht ein Geräusch? „… was Warmes essen, hat er gesagt“, beendet sie ihren Satz.

Da war ein Geräusch! Schritte, wie wenn jemand über die Holzplattform schleicht.

Herr Karle! Linus hat recht gehabt.

Dana weiß, dass es dumm ist, aber sie kann nicht anders, ihre Beine bewegen sich von alleine, sie rennt in die Toilette, dreht die Verriegelung zu.

Linus sprintet zur Tür, der Schlüssel steckt von innen.

Er hat den Schlüssel schon zwischen den Fingern, da fliegt die Tür auf, er geht in Deckung. Schritte trampeln durch den kleinen Vorraum. Das ist nicht Herr Karle. Drei Mädchen stürmen in die Umkleide.

„Dana und Jeremy! Dana und Jeremy!“ Ein Geheul wie von hundert Fußballfans in der Südkurve.

Dana stöhnt auf. Leonie!! Zornig riegelt sie die Tür wieder auf, sieht wie Leonie, gefolgt von den Zwillingen Helena und Elena, im Umkleideraum verschwindet.

„Dana und Jeremy! Dana und Jeremy!“

Leonie steht schon vor dem himmelblauen Laken. Mit der einen Hand reißt sie es weg, mit der anderen schießt sie ein Foto.

Merjem richtet sich mit knallrotem verschwitztem Gesicht auf. Leonie klappt den Mund zu, starrt sie entgeistert an.

„Wer ist *das* denn?!“

Auch Helena verstummt. Nur Elena lässt noch ein leises „… Jeremy …“ nachtönen.

Dana schiebt sich vor Merjem, damit Leonie nicht mehr fotografieren kann. Leonie tanzt um sie herum, versucht mit dem Handy in der ausgestreckten Hand erneut in Schussposition zu kommen. Wütend greift Dana nach ihrem Arm, Leonie drückt sie zur Seite, ihr Zeigefinger bohrt sich in Danas Auge. Dana geht zu Boden, ihr Kopf knallt gegen eine Bank. Die Sicht auf Merjem ist frei. Klack, klack, klack Leonie schießt eine ganze Serie.

Elena und Helena haben sich rechts und links von Merjem aufgebaut. Ihre grünen Augen sind wie vier kleine Suchscheinwerfer auf sie gerichtet.

„Das ist Merjem!“, stellt Elena fest.

„Ist sie nicht!“, widerspricht Helena. „Die hat lange Haare!“

Merjem zieht sich das Laken über die Haare.

Dana rappelt sich hoch, wirft sich auf Leonie, das Handy schlittert über den Boden unter einen der Spinde.

„Wenn das kaputt ist, muss du es bezahlen“, kreischt Leonie. Dana lässt sie vor Schreck los. Über fünfhundert Euro! Leonie kriecht unter den Metallschrank, aber Linus kommt ihr zuvor, schnappt sich ihr Handy. Das Handy ist nicht kaputt.

Auf dem Display leuchtet das letzte Foto. Linus flüchtet vor Leonie auf die Holzbank. Leonie versucht an ihr Handy heranzukommen, Dana hält sie fest. Linus Zeigefinger bewegt sich über den Touchscreen. In kurzen Abständen leise Fieptöne.

„Das sag ich meiner Mutter“, zischt Leonie aufgebracht.

Linus lässt sich nicht irritieren.

„Kannst du das mit dem Herzen und Jeremy auch löschen?“, bittet Dana. Linus Finger blättert zurück. Ein kurzer Druck, das Herz ist weg.

Elena versucht, Merjem das Laken vom Kopf zu ziehen. Merjem hält es fest. „Sie ist es“, beharrt Elena. „Sie hat sich nur die Haare abgeschnitten!“

Merjem hustet. Das Inhalieren hat nichts genutzt. Die Brust tut ihr weh, oder ist es das Herz? Sie fühlt sich plötzlich entsetzlich müde, so müde, dass sie zu schwach ist, das Laken festzuhalten. Wahrscheinlich, weil sie die

Nacht kaum geschlafen hat. Bei jedem Geräusch dachte sie, dass der Typ aus dem Waschsalon sie hier im Umkleideraum gefunden hätte oder der mit den Bürstenhaaren oder Herr Karle oder die Polizei.

„Und warum hat sie sich die Haare abgeschnitten?"

„Na warum wohl?" Linus fixiert Helena mit einem verächtlichen Blick.

„Sieht aber doof aus", brummt Helena.

Merjem steht auf, hustend verlässt sie den Raum. Hannibal, der die ganze Zeit oben auf der Taschenablage hocken geblieben ist, springt herunter, zusammen verschwinden sie in der Toilette. Merjem schiebt den Riegel vor die Tür. Hannibal springt auf ihren Schoss, ihre Hand vergräbt sich in seinem Fell. Hannibal schnurrt.

Dana geht Merjem hinterher.

„Hey Merjem, ärger dich doch nicht über die. Du weißt doch, dass die Zwillinge total bescheuert sind."

„Ich möchte hundert Jahre schlafen", murmelt sie zu Hannibal herunter.

***

Linus überprüft noch einmal, ob die Fotos von Merjem alle gelöscht sind, blättert in der Fotogalerie noch ein Stückchen zurück.

„Wow, was ist *das* denn?"

„Ein Karton mit Logos von Adidas", erklärt Leonie trocken.

Linus blättert noch weiter zurück. Der Kofferraum eines Autos. In dem Kofferraum liegt ein Pappkarton, der Deckel ist zur Seite gerutscht, der Pappkarton ist voll mit Aufklebern von Nike, Puma und Adidas in verschiedenen Größen und Formen. Linus fasst sich an den Kopf.

„Mann, ey, Wahnsinn!" Er blättert weiter. Auf dem Display erscheinen tatsächlich Fotos von Herrn Karle, der aus seinem Kombi einige Pappkartons nimmt und zum Umkleideraum trägt.

„Und wann hast du die geschossen?"

Leonie zuckt die Schultern. „Gestern, als ihr nicht da wart. Hier vor dem Umkleideraum."

„Hat er dich gesehen?"

Verachtender kann ein Blick nicht sein als der von Leonie. Dana, Elena und Helena haben sich um Linus gruppiert.

„Wozu braucht der Karle solche Aufkleber?"

„Und dann noch so viele?"

Linus strahlt Leonie an.

„Das sind die besten Fotos, die du je gemacht hast."

Leonie kann Linus' Begeisterung nicht teilen, Helena und Elena erst recht nicht.

„Was meint ihr denn, was Herr Karle mit den Aufklebern macht?" Linus schaut aus wie Frau Fischer, wenn sie die Hausaufgaben abfragt.

„Keine Ahnung!"

„Wozu braucht man Logos?"

Endlich klickert es bei Leonie.

„Für Markensachen."

„Aber man kann sie auch auf Sachen drauf kleben, die gar keine Markensachen sind! Und das macht Herr Karle. Hier nebenan im Umkleideraum. Er kauft irgendwo billig Schuhe, in China oder so, und dann klebt er die Logos drauf, und dann gehen die weiter als Markenschuhe."

Leonie tippt sich an die Stirn. „Klar, und heute Morgen hast du wahrscheinlich wieder ne Bank überfallen."

„Doch, das stimmt, was Linus sagt", bestätigt Dana. „Wir kennen den Typ, der sie ihm abnimmt."

Linus gibt Leonie ihr Handy wieder.

„Das Foto darfst du auf keinen Fall löschen, damit kriegen wir den Karle."

„Der wird nie mehr sagen, dass Merjem eine kriminelle Ausländerin ist."

Dana pocht an die Tür der Toilette. Sie müssen los.

„Ich bin so müde", flüstert Merjem. „Ich will nach Hause."

„Was hat sie gesagt?", erkundigt sich Leonie.

„Sie ist müde, und sie will nach Hause."

„Zuhause, ist das hier oder in Tropodingsda?", will Elena wissen.

***

Völlig außer Atem kommen Linus und Dana im SKY KALAJA an.

Natürlich sind Katrin und Niklas schon da und sitzen mit vorwurfsvollen Gesichtern hinter ihrem Mineralwasser.

Im dem engen Seitenflügel hat sich an dem langen Tisch wieder eine Festgesellschaft eingefunden, diesmal eine Trauergemeinde, die inzwischen beim Nachtisch angekommen ist. Die Kellner drängen sich mit zwei Tellern voller zuckersüßer Kadaifi an den Stühlen vorbei.

Niklas deutet mit dem Zeigefinger auf seine Uhr. Eine Viertelstunde zu spät.

„Wo ist Ricki?“, will Katrin wissen.

Dana braucht etwas Zeit, bis sie wieder zu Atem kommt. Ihr Vater wird eine Lösung finden. Vielleicht auch für die Sache mit Herrn Karle.

Niklas und Katrin warten ungeduldig, bis Dana endlich reden kann.

„Also Ricki, der also, er kann nicht kommen!“

Sie macht eine Pause.

Niklas' Finger trommeln nervös auf den Tisch.

Katrin sucht den Blick von Linus, aber der ist damit beschäftigt, Löcher in das weiße Tischtuch zu starren.

„Und warum nicht?“ Niklas' Stimme wird einen Hauch schärfer.

Der Wirt kommt heran, um die Bestellung aufzunehmen.

„Ich möchte jetzt auf der Stelle eine Erklärung!“, sagt Niklas laut.

„Eine große Vorspeisenplatte und noch zwei Mineralwasser!“, ordert Niklas ohne den Ton zu wechseln.

Dana schweigt eingeschüchtert. Wenn ihr Vater wütend ist, kann sie ihm die Sache mit Merjem unmöglich sagen.

„Die Eltern von Ricki wollen nicht, dass er von fremden Leuten eingeladen wird!“, grummelt Linus, ohne seinen Blick von dem Tischtuch abzuwenden.

Niklas zieht scharf die Luft ein. „Wenn jetzt nicht augenblicklich die Wahrheit auf den Tisch kommt, dann … dann …!“

Er wendet sich an Katrin: „Er kann uns doch nicht ständig diese Lügen auftischen!“

Merjem zieht die Tür des Restaurants auf. Sie will nicht mehr im Umkleideraum sitzen und Angst vor Herrn Karle, vor dem Typ aus dem Waschsalon oder vor der Polizei haben. Das hat keinen Sinn, genausowenig wie heulen. Ein kalter Windstoß fegt herbstliche Blätter mit ihr herein. Der Wirt kreuzt mit dem Vorspeisenteller, bellt sie böse an.

Merjem macht einen Bogen um ihn.

„Guten Abend, ich bin Merjem.“ Höflich gibt sie Katrin und Niklas die Hand.

Sie hat es auf dem Weg hier her geübt, wie den Satz mit den Schuhen.

Katrin verschluckt sich vor Schreck an ihrem Mineralwasser und Niklas' Gesicht ist ein einziges Fragezeichen.

Der Wirt stellt mit grimmiger Miene den Vorspeisenteller auf den Tisch, rempelt Merjem dabei an. „Hau ab, hier wird nicht gebettelt“, zischt er ihr zu.

Merjem bleibt stehen, als gäbe es ihn gar nicht.

„Also *nicht* Ricki!“, stellt Niklas fest.

„Ich hab's geahnt“, flüstert Katrin.

„Du hast es geahnt und kein Wort gesagt?!“

Dana zieht Merjem neben sich auf den Stuhl, lädt sich den Teller voll, schiebt ihn zu ihr herüber.

Keiner von ihnen bemerkt, dass der Wirt zum Telefon greift.

Merjem hustet. Katrin fasst ihr an die Stirn.

„Ich glaub, sie hat Fieber“, stellt sie fest und ihre Stimme klingt zu Merjems Erstaunen so besorgt wie bei einer richtigen Mutter.

„Ich möchte nach Hause“, krächzt sie mühsam zwischen den Hustern.

Katrin legt ihre Hand auf die von Merjem. „Zu deinen Eltern nach Albanien?“

„Aber sie ist *hier* zuhause!“ Dana hat Mühe, auf ihrem Stuhl sitzen zu bleiben. „Sie kennt doch Albanien gar nicht mehr und die Sprache kann sie auch nicht richtig!“

„Aber hier wollen sie mich nicht!“, murmelt Merjem.

Stille am Tisch.

Hinter ihnen singt die Festgesellschaft ein altes albanisches Trauerlied. Die schweren melancholischen Töne schweben durch den Raum wie unsichtbare schwarze Engel, die bezeugen, dass niemand vergessen wird.

Merjem nimmt all die Kraft zusammen, die ihr noch geblieben ist. „Ich wollte Sie fragen, ob Sie mir das Fahrgeld leihen könnten?“ Sie schaut erst Niklas an, dann Katrin und dann ganz schnell vor sich auf den Teller mit den Zucchini, den Oliven, dem Schafskäse und all den Sachen, die sie eigentlich gerne isst und von denen sie jetzt nicht einen einzigen Bissen herunter bekommen würde.

Linus wendet seinen Blick vom Tischtuch ab, er hat es nicht geschafft Löcher hineinzustarren. „Aber du wolltest doch Ärztin werden, du hast gesagt, das geht nicht in Tropoja!“

Merjem zuckt mit den Schultern: „Ich kann ja hier nicht mal zur Schule gehen!“

Plötzlich kreist blaues Licht durch die Fenster.

Merjem schaut sich panisch um.

Was wollen die hier?

Sie will doch gehen!

Zurück nach Tropoja, auch wenn sie da niemanden kennt und nicht Ärztin werden kann. Aber von der Polizei abgeholt werden will sie nicht!

Sie springt auf, rennt quer durch den Raum. Neben der Küche sind die Toiletten, vielleicht kann sie da durch das Fenster. Der Wirt verstellt ihr den Weg. Seine riesige, schwarz behaarte Hand streckt sich nach ihr aus, bekommt die Skijacke zu fassen. Sie windet sich aus der

Jacke. Danas Handy fällt heraus. In der Tür des Restaurants sind zwei Polizisten erschienen, der Weg zur Toilette ist vom Wirt verstellt. Es gibt nur einen Ausweg. Sie witscht hinüber zu den Trauergästen im Seitenflügel.

Der Stuhl am Kopf des Tisches ist leer. Soll sie unter den Tisch kriechen? Dann muss sie abbremsen. Sie entscheidet sich für das Gegenteil, erhöht die Geschwindigkeit, springt ab. In den grünen Schuhen scheint sie fliegen zu können. Der rechte landet auf dem Stuhl, der linke auf dem Tisch, hinter einem Teeglas.

Spitze erschrockene Schreie der Gäste. Niklas, Katrin, Linus und Dana sind aufgesprungen.

Das Teeglas wackelt, ein bisschen Tee schwappt über, aber das Glas fällt nicht um. Sie macht einen großen Schritt.

„Achtung“, schreit Dana, „der Kuchen!“

Die Polizisten stürmen an Niklas, Katrin, Dana und Linus vorbei. Der eine beugt sich vor, seine langen Arme fahren aus, er greift nach Merjems Bein. Statt Merjems Bein zu fassen zu bekommen, platscht seine Hand an ein Teeglas. Es fällt um, die braune Flüssigkeit ergießt sich auf das weiße Tischtuch.

Der andere Polizist versucht, sich hinter den Stühlen an der Wand vorbeizudrängeln, aber entweder haben die Gäste ihre Stühle weiter zurückgeschoben, oder der Polizist ist dicker als die Kellner.

Er kommt nicht vorbei.

„Bleib stehen, Mädchen! Es tut dir doch keiner was!“, donnert der Polizist.

Merjem kann nicht stehen bleiben.

Das blaue Licht.

Die blauen Uniformen.

Das Pochen an der Tür mitten in der Nacht.

Kukuth na ka goditur. Nie wird sie die Stimme ihrer Mutter vergessen.

Sie hat Mühe, das Gleichgewicht zu halten, ihr nächster Schritt wird mitten im zweiten Kuchenteller landen. Sie schickt ein Stoßgebet zum Himmel, Essen darf man nicht mit den Füßen treten, aber dies ist ein Notfall.

Eine reaktionsschnelle Hand mit einem dicken goldenen Ring am Finger zieht die Kuchen zur Seite. Eine alte, sorgfältig geschminkte Dame lächelt ihr zu. Der grüne Schuh setzt millimetergenau neben dem Teller auf. Merjem erreicht das Fenster, dreht den Griff. Der Wind drückt das Fenster auf, ein Satz, sie steht draußen.

Die Kinder der Festgesellschaft klatschen begeistert Beifall. Die Erwachsenen betrachten empört den Polizisten, der sich wieder aufgerichtet hat und sich mit einer Serviette den Kuchen von seiner Uniformjacke wischt.

Fluchend machen die Polizisten kehrt, hasten zum Eingang, müssen abbremsen, um Linus und Dana nicht umzurennen. Der eine nimmt die Verfolgung auf, der andere bleibt bei Linus und Dana stehen

„Wo sind eure Eltern?“, knurrt er Linus und Dana an.

Karin und Niklas sind ebenfalls aufgesprungen. Katrin stellt sich schützend hinter Linus. „Ist Ihnen klar, dass Sie da ein 11-jähriges Kind jagen, in Uniform und mit Blaulicht! Wie unsensibel kann man denn noch sein!“, fährt sie den Polizisten an. „Aber Sie haben wahrscheinlich keine Kinder, Sie können sich überhaupt nicht vorstellen, was in so einem Kind vorgeht, wenn Sie hier hereingestürmt kommen!“

Niklas versucht Katrin zu beruhigen. „Der Mann tut nur seine Pflicht“, sagt er, „das Mädchen wird polizeilich gesucht.“

„Aber man kann ein Kind doch nicht jagen wie einen Schwerverbrecher! Ist doch klar, dass sie abhaut!“

Niklas seufzt. „Du kannst nicht mit einem Beamten streiten, der seine Uniform gerade in Honigkuchen getaucht hat“, murmelt er. „Du kannst da doch eh nichts ändern!“

Mit finsterem Blick verlangt der Polizist von ihm und Katrin, sich auszuweisen.

Aber Katrin lässt sich nicht bremsen. „Wenn ein Kind, das nichts Böses getan hat, von der Polizei gesucht und verfolgt wird, dann kann man nicht nur etwas ändern, dann *muss* man etwas ändern!“

Der andere Polizist kommt zurück, mit ihm ein Stoß Herbstlaub und kalter Wind. Fragender Blick seines Kollegen.

Er schüttelt Kopf. „Spurlos verschwunden, die kleine Ratte!“

***

Zu Viert stehen sie in einem mit Glaswänden abgeteilten Büro mit Wänden voller Aktenschränken und einer Pinnwand, an der auch das Fahndungsfoto von Merjem hängt. Katrin telefoniert hektisch, erst versucht sie, ihren Bruder zu erreichen, der ist bei einem Einsatz, dann ihre Chefin Barbara, die wegen ihres Personals schon öfter mal Probleme mit der Ausländerbehörde hat und bestimmt einen guten Anwalt kennt.

Es ist dauernd besetzt.

„Wo kann sich Merjem versteckt halten?!“ Die Frage hat der Beamte bestimmt schon zehn Mal gestellt.

Dana hält die blaue Skijacke von Merjem auf dem Schoss, sie hat sie dem Wirt im SKY KALAJA abgenommen. Auch ihr Handy hat sie wieder eingesammelt. Linus kippelt mit den Schuhen – Außenkante, Innenkante.

Die Kinder sagen nichts. Das brauchen sie sich nicht einmal mit Blicken bestätigen. Merjem darf nicht von Polizisten gefunden werden, jedenfalls nicht von diesen.

Eine Jungendpsychologin trifft ein. Eine blonde Frau, gerade mal einen Kopf größer als Dana und Linus. Sie gibt jedem die Hand, stellt sich vor. Sybille von der Heyden. Dabei lächelt sie die ganze Zeit, als sei das Lächeln in ihrem Gesicht festgewachsen.

„Ihr müsst sagen, wo Merjem jetzt sein kann. Ihr tut eurer Freundin keinen Gefallen, wenn ihr nichts sagt."

Kurzer Blickwechsel zwischen Linus und Dana, Dana schüttelt unmerklich den Kopf.

„Wir wollen doch Merjem nichts anhaben. Im Gegenteil. Wir wollen, dass es ihr besser geht."

Linus und Dana schweigen.

Katrins Handy klingelt.

Ihre Chefin Barbara.

„Merjem wird ganz bestimmt nicht ins Gefängnis kommen", lächelt Sybille von der Heyden.

Das festgewachsene Lächeln ist kaum auszuhalten.

„Die beiden Polizisten haben euch vielleicht Angst gemacht, aber wenn ihr sagt, wo Merjem ist, dann bleibe ich bei ihr."

Frau von der Heyden wendet sich an Niklas, weil Katrin immer noch telefoniert. „Ein Kind gehört zu seinen Eltern, das sehen Sie doch sicher auch so."

Niklas zuckt hilflos mit den Achseln. „Gesagt hat sie, dass sie nach Hause will", bestätigt er.

„Ja, aber sie ist hier zu Hause, hier bei uns in Deutschland!", blitzt Dana ihn an. Sie kämpft ihre Tränen herunter.

„Kommt doch mal einen Augenblick mit mir nach draußen", bittet die Psychologin.

Dana sieht, wie sie Niklas ein Zeichen macht, nicht mitzukommen und dann lächelt sie schon wieder.

Sie stehen auf der Treppe vor der Tür des Polizeireviers. Der Wind pfeift. Die Kälte beißt in ihren Gesichtern. Ein Mann in Handschellen wird von zwei Polizisten vorbeigeführt. Die Psychologin zieht den Reißverschluss ihrer Wetterjacke zu, schlägt den Kragen hoch, schiebt die Hände in die Taschen.

Linus zieht die Fäuste in die Ärmel seiner Jacke. Dana springt von einem Fuß zum anderen, um sich ein bisschen warm zu halten.

„Wenn ihr nicht sagt, wo Merjem ist, wird sie sich vielleicht den Tod holen“, murmelt die Psychologin. Jetzt lächelt sie nicht mehr.

***

Es dämmert schon, als Niklas vor dem Zaun der Tennisplätze hält. Die Psychologin beugt sich zurück in den Wagen. „Bleiben Sie erst mal hier“, bittet sie Niklas und Katrin. Ein Stück weit hinter ihnen hält ein ziviles Polizeiauto.

Herrn Karles Kombi biegt in den Feldweg ein, Pfützen und Schlaglöcher nicht beachtend rumpelt er an dem Polizeiwagen und Niklas' Audi vorbei, kommt Matsch verschleudernd direkt vor dem Holzsteg zu stehen.

„Was machst du denn schon wieder hier!“, herrscht er Linus an, noch bevor er ausgestiegen ist.

„Würden Sie uns bitte den Umkleideraum aufschließen“, fordert die Polizeipsychologin ihn auf.

Unschlüssig schaut der Hausmeister von seinen einsneunzig auf sie runter.

„Und die Gören, was machen *die* hier“, will er wissen.

Sie hält ihm ihren Polizeiausweis unter die Nase. Dabei fällt ihre Visitenkarte auf den Boden. Dana hebt sie auf.

„Wenn Sie jetzt nicht schleunigst aufmachen, muss ich das als Widerstand gegen die Staatsgewalt werten“, fährt die Polizeipsychologin Herrn Karle an.

Widerwillig schlurft Herr Karle zum Kabuff, holt den Schlüssel.

„Ruf Leonie an, sie muss sofort herkommen mit dem Foto, was sie gemacht hat“, flüstert Linus Dana zu.

Herr Karle schließt den Umkleideraum auf, macht im Hauptraum Licht. Entgeistert starrt er auf Merjems Sachen. „Ich glaub das nicht“, schnaubt er erschrocken, „das sieht ja aus, als ob hier jemand wohnt!“

Die Psychologin klopft an die Toilettentür.

„Merjem, bist du da drin?“

„*Die* suchen sie? Die kleine Kanaille hat sich die ganze Zeit hier versteckt?“

Ehe ihn jemand daran hintern kann, reißt Herr Karle die Tür auf.

In der Toilette ist niemand drin.

„Kann sie durch das Fenster raus sein?“

Frau von Heyden zieht am Fenstergriff. Das Fenster ist geschlossen.

„Sie kann es ja nicht von außen zugemacht haben!“

Merjem ist nicht im Umkleideraum.

Herr Karle ist für die Psychologin auch noch in die Abstellkammer gekrochen und hat hinter den Besen nachgeguckt.

„Ja dann, einen schönen Abend noch und viel Glück bei der Suche." Herr Karle hat es ziemlich eilig, zu seinem Auto zurückzukommen.

„Kommt Leonie?", will Linus von Dana wissen.

Dana schüttelt den Kopf. „Sie hat Mathenachhilfe."

„Kacke!", flucht Linus.

„Ich sag ihr, sie soll die Fotos schicken."

„Du hast doch gar kein Internet."

Dana wedelt mit der Visitenkarte der Polizeipsychologin. Ihre Daumen wirbeln über die Tastatur ihres Handys.

Linus deutet auf den Männerumkleideraum.

„Vielleicht ist Merjem da versteckt."

Herr Karle tut so, als hätte er das nicht gehört und klettert in sein Auto.

„Können Sie uns den anderen Raum bitte auch aufschließen", kommandiert die Polizeipsychologin ihn zurück.

„Nein ... das ... das kann nicht sein, da ist ein ganz anderes Schloss ... also ein Sicherheitsschloss ...", stottert Herr Karle.

„Und von dem haben sie den Schlüssel nicht?"

„Ah, nein ... ja also, aber wie soll das Mädchen da denn rein sein, das Schloss kriegt keiner so leicht auf."

Über ihr Handy ruft die Psychologin die Kollegen zur Hilfe.

Herr Karle ist an seinem Auto stehen geblieben, aber er traut sich nicht einzusteigen.

„Würden Sie bitte so freundlich sein und uns die Tür aufmachen!“ Die Stimme des Polizisten klingt so scharf, dass Herr Karle ächzend zurück auf den Holzsteg klettert. Es dauert eine Ewigkeit, bis er den richtigen Schlüssel gefunden hat.

Während die Psychologin die Räume durchsucht, bleibt er an der Tür stehen und trommelt nervös auf seinem Bauch herum.

Natürlich ist Merjem auch nicht in diesem Umkleideraum, aber auf einer Bank stehen mehrere Stapel von Kartons.

Die Polizeipsychologin macht einen auf, er ist leer.

„Was sind das für Kartons?“, will sie von Herrn Karle wissen.

„Äh“, macht Herr Karle, „also …“

„Sieht aus wie Schuhkartons“, stellt der Polizist fest.

„Also, ich weiß wirklich nicht, wie diese Kartons hier herkommen.“

„Für einen Platzwart wissen Sie überhaupt sehr wenig, was da so in den Ihnen anvertrauten Räumen vorgeht“, knurrt die Psychologin.

„Schuhkartons?“ Herr Karle nimmt einen der Kartons in die Hand. „Das können alle möglichen Kartons sein.“

„Wer hat denn außer Ihnen noch Zugang zu diesen Räumen?“, will der Polizist wissen. Auf dem Handy der Psychologin fiept eine eingehende SMS, kurz darauf ein zweite.

„Suchen Sie jetzt dieses Mädchen oder finden Sie ein paar alberne Pappkartons plötzlich wichtiger?“, grunzt Herr Karle.

„Vielleicht haben die Pappkartons etwas mit dem Mädchen zu tun.“

„Das könnte natürlich sein“, schnauft Herr Karle erleichtert. „Vielleicht haben die Kinder das hierher geräumt, oder die Mischpoke von dieser kleinen Ausländerin.“

„Merjem ist keine Ausländerin!“, blafft Dana Herrn Karle an. Sie weiß gar mehr, warum sie immer soviel Angst vor dem hatte.

„Wann waren Sie denn das letzte Mal hier drin?“, will der Polizist wissen.

„Hier drin“, wiederholt Herr Karle und tut so als müsste er nachdenken, „also das … das ist bestimmt schon ein Weilchen her. Es ist jetzt Wintersaison, da ist hier ja nichts mehr los.“

„Könnten Sie mal kurz auf ihr Handy gucken“, bittet Linus Frau von der Heyden.

„Also, wenn Sie mich nicht mehr brauchen“, ergreift Herr Karle die Gelegenheit und mogelt sich in Richtung Ausgang, „meine Frau wartet mit dem Abendessen auf mich.“

„Sie haben da gerade zwei wichtige Fotos bekommen!“, drängelt Linus.

Die Psychologin schaut auf die eingegangenen Nachrichten.

Zwei Fotos von einer unbekannten Nummer. Sie macht die Fotos auf.

Linus zeigt auf das von Herrn Karle vor dem Umkleideraum.

„Das war gestern um 16.33 Uhr.“

„Und Herr Karle weiß auch ganz genau, woher die Kartons kommen. Er hat sie selbst hergebracht, da kommen Schuhe rein“, erläutert Dana.

„Was redet ihr denn da für ein dummes Zeug“, schnauzt Herr Karle sie an.

Linus zeigt dem Polizisten Leonies Foto von den Logos. „Er kauft billige Schuhe, macht die Logos drauf und dann sind es Markenschuhe. Aber gefälschte.“

„Du kleine Missgeburt, wirst du wohl aufhören, solche Lügen zu verbreiten?“– Herrn Karles Gesicht ist so rot wie eine Tomate. Über den Schläfen sind zwei blaue Adern dick angeschwollen.

„Und dann verkaufen sie sie bei uns im Kaufhaus“, fährt Linus ungerührt fort.

Herr Karle japst nach Luft. Es sieht fast so aus, als würde er gleich einen Herzinfarkt bekommen.

„Zusammen mit dem Leiter der Sportabteilung“, setzt Dana gnadenlos hinzu.

***

Vom Rücksitz des Audis beobachten Linus und Dana, wie Herr Karle zu dem zivilen Polizeiauto geführt wird. „Das werdet ihr mir büßen, das schwör ich euch“, zischt er ihnen zu, als er am Audi vorbeikommt.

Die Psychologin beugt sich zum Fenster herein. Wo kann Merjem sein? Das ist jetzt viel wichtiger als der Hausmeister.

Das Programm geht wieder von vorne los. Ihr tut eurer Freundin keinen Gefallen, die Kälte, der Hunger und so weiter. Aber Linus und Dana haben wirklich keine Idee, wo Merjem jetzt sein könnte.

***

Langsam fährt Niklas' Auto die Straße hinunter, wird vom eiligen Berufsverkehr immer wieder überholt. Vor ihnen hält der zivile Polizeiwagen vor dem Haus, in dem Merjem früher gewohnt hat.

Katrin versucht erneut den Anwalt zu erreichen, dessen Nummer ihr ihre Chefin mittlerweile gegeben hat. Diesmal ist der Anrufbeantworter eingeschaltet. Katrin bittet dringend um Rückruf.

„Kann Merjem bei uns wohnen, wenn wir sie finden?“, fragt Dana. Sie hat sich in Merjems blaue Skijacke eingewickelt und beobachtet, wie die Psychologin und der Polizist ins Haus gehen.

Niklas zuckt hilflos die Schultern. „Es gibt in jedem demokratischen Land Gesetze, die man beachten muss, auch wenn …“

„Du kannst doch den Kindern in so einem Moment nicht so ein theoretisches Zeug erklären!“, fällt Katrin ihm in Wort.

Niklas dreht sich zu Linus und Dana um. „Erstens“, sagt er, „man muss die Sache der Reihe nach angehen. Zweitens: Das Wichtigste ist jetzt, dass Merjem gefunden wird!“

„So ein Quatscher“, grummelt Linus zwischen den Zähnen.

Er macht Dana ein Zeichen auszusteigen.

„Drittens: Man muss das Kind selbst fragen. Und dann können wir viertens danach suchen, ob es irgendeine gesetzliche Grundlage gibt, nach der das Mädchen hier bleiben kann. Wo wollt ihr denn jetzt hin?“, ruft er Dana und Linus hinterher.

„Gucken, ob die sie finden. Wir können doch Merjem nicht mit der Polizei allein lassen!“

In Merjems ehemaligem Haus geht das Licht an. In dem Fenster, in dem ein ZU VERMIETEN-Schild hängt, ist die Silhouette der Psychologin zu sehen.

„Glaubst du, dass sie hier ist?“, fragt Linus.

Dana beobachtet, wie Katrin hinter der Windschutzscheibe aufgeregt auf Niklas einredet. „Ist nett, deine Mutter.“

„Findste?“ Linus zuckt verlegen die Achseln. Das mit dem Quatscher hätte er vielleicht nicht sagen sollen. Hoffentlich hat Dana es nicht gehört.

Der Polizist und die Psychologin kommen wieder aus dem Haus. Linus zieht Dana hinter eines der parkenden Autos. „Ich hab eine Idee, wo Merjem sein könnte“, flüstert er.

***

Fünf Minuten später durchstreifen sie den Supermarkt. Linus fragt die Verkäuferin am Wurststand. Nein, heute hat sie das Mädchen, das sich die Haare abgeschnitten hat, nicht gesehen. Sie drängen sich vorbei an den Schlangen vor den Kassen nach draußen. Wo kann Merjem sein?

Sie stehen vor dem Parkplatz des Supermarkts. Linus will zurück zu Niklas' Auto. Dana hält ihn fest. Sie hat ein Miauen gehört.

Linus horcht, schüttelt den Kopf.

„Doch, das ist Hannibal! Es kommt von ganz da hinten!“ Dana slalomt durch die dicht an dicht stehenden Autos, wird beinahe von einem angefahren, das rückwärts ausparkt.

Auf dem weißen Papiercontainer hockt tatsächliche eine Katze, eine Katze mit einem schwarzen Gesicht und einem weißen Tupfer – Hannibal. Er starrt Dana mit seinen grünen Augen entgegen. Da seid ihr ja endlich, scheint er zu sagen, wurde aber auch Zeit.

„Merjem?“

Keine Antwort.

„Merjem, wo bist du?“

Linus schaut hinter den Containern nach, Dana hinter den in der Nähe parkenden Autos.

Nichts.

„Hannibal, sag, wo ist sie?!“

Hannibal thront hoheitsvoll auf dem weißen Container und putzt sich.

Dana nähert sich dem Papierschlitz. „Merjem?“

Trockenes Husten kommt aus dem Schlitz, der aussieht wie ein breites eisernes Maul.

„Merjem, was machst du da drin? Komm da raus!“

Zusammen drücken sie den Deckel des Containers ein Stück hoch.

Merjem sitzt mit ausgestreckten Beinen auf einem Stapel Pappen in einer Ecke, mit ein paar Pappen hat sie sich zugedeckt. Ihre dunklen Augen sind geschlossen. „Ich bin müde“, sagt sie leise, „ich will schlafen, hier ist es warm. Bitte, sagt niemandem, wo ich bin!“ Sie krümmt sich zusammen, hustet, schüttelt sich, sie bekommt kaum noch Luft.

„Wir müssen sie zu einem Arzt bringen“, sagt Dana.

***

Es rumpelt fürchterlich, manchmal rumst Merjems Kopf gegen die Wand der Schubkarre des Tennisplatzes, aber es tut nicht weh. Linus und Dana haben sie mit Pappe ausgepolstert. Die Schubkarre biegt ab, das Rumpeln hört auf. Eine Sirene kreischt auf, blaues Licht gleitet über Merjem hinweg. Sie will sich aufrichten, Dana nimmt ihre Hand. „Bleib ruhig, das ist nicht die Polizei, das ist ein Krankenwagen!"

Über der Auffahrt leuchten ein rotes Kreuz und ein Schild mit der Aufschrift:

MARIENKRANKENHAUS-NOTAUFNAHME

Der Krankenwagen mit dem Blaulicht entfernt sich. Merjem sinkt zurück in die Schubkarre. Sie erreichen das gläserne Pförtnerhäuschen.

„Halt! Wo wollt ihr denn mit dieser ollen Schubkarre hin?", donnert der Pförtner sie an. Missbilligend betrachtet er die rote Sandspur, die die Schubkarre auf der Auffahrt hinterlassen hat. „Man kann doch mit einer Schubkarre nicht in ein Krankenhaus fahren!"

Dana macht sich vor dem Glaskasten so groß sie kann. „Meine Schwester hat hohes Fieber und Husten. Sie braucht einen Arzt!"

Der Pförtner beugt sich über seinen Computer hinweg zu seinem Sprechfenster, um zu erkennen, was in der Schubkarre drin ist, fast fällt ihm dabei die Brille von der Nase.

Merjem schaut ihn aus glasigen Augen an, hustet.

Der Pförtner runzelt die Stirn. „Wo sind eure Eltern?", will er wissen.

„Die haben Ehestreit."

Linus fixiert ihn mit traurigem Hundeblick. „Wenn die streiten, sind die total blind für uns, man muss Angst haben, dass sie nicht mit Messern aufeinander losgehen."

Der Pförtner schiebt erschüttert seine Brille zurück auf die Nase, greift zum Telefonhörer. „Wartet hier, es kommt euch gleich jemand abholen", sagt er zu Linus.

***

Merjem sitzt auf der Untersuchungsliege. Auf dem Stuhl neben ihr die Sachen, die sie ausgezogen hat.

„Einatmen und Luft anhalten!" Eine junge Ärztin drückt ihr das kalte Stethoskop auf die Brust. Merjem holt Luft, es brennt in der Brust ganz oben, aber nicht mehr so schlimm wie vorhin, als sie allein in dem Papiercontainer saß und so müde war, dass sie bis an das Ende ihres Lebens nur noch schlafen wollte.

Sie blinzelt die Ärztin mit angehaltenem Atem an. Sie hat sich noch nicht an das helle Licht gewöhnt. Die Ärztin lächelt zurück.

„Ausatmen, sehr gut machst du das!"

Sie setzt das Stethoskop auf den Rücken. Einatmen, Luft anhalten, ausatmen.

„Sie will auch mal Ärztin werden", sagt Linus.

„Echt? Cool." Die junge Ärztin stöpselt das Stethoskop aus den Ohren.

„Solche tapferen Leute wie dich können wir gut gebrauchen."

Sie setzt sich an den Schreibtisch und schreibt ein Rezept aus.

„Was hat sie denn?“, will Dana wissen.

„Eine schwere Bronchitis, eine Lungenentzündung ist es noch nicht!“

Sie steht auf und holt ein Zäpfchen aus dem Medikamentenschrank.

„Jetzt bleibst du erstmal ein paar Tage vernünftig im Bett, dann bist du im Nu wieder gesund. Und wenn du ein bisschen größer bist, kannst du hierher kommen und ein Praktikum machen, wenn du willst.“

Sie reicht Dana eine Packung mit Tabletten. „Davon muss sie jeden Morgen und jeden Abend eine nehmen, ich hab es drauf geschrieben.“

Dana schaut sie so verzweifelt an, dass die Ärztin ihre Hand wieder zurückzieht, die sie schon zum Abschied hingestreckt hatte.

„Könnte sie nicht noch ein bisschen hier im Bett bleiben, hier drin im Krankenhaus?“, bittet Dana.

Die Ärztin runzelt die Stirn.

„Willst du denn nicht nach Hause?“, wendet sie sich an Merjem.

„Für ein paar Tage wenigstens, als Vorbeugung?“, murmelt Dana. „Mein Vater könnte das unterschreiben.“

Merjem nickt und hustet leise.

„Meine Mutter auch ...“, setzt Linus eilig hinzu.

Die Ärztin sieht überrascht von einem zum anderen.

„Wie, ihr gehört nicht zusammen?“ Sie deutet auf Merjem: „Und sie?“

Linus kapiert seinen Fehler sofort.

„Na klar, wir gehören alle zusammen.“ Er deutet auf Merjem: „Sie auch. Unsere Eltern müssen jeden Moment hier sein.“

Die Ärztin angelt nach dem Telefonhörer, um mit der Kinderstation zu telefonieren.

„Wollen wir jetzt hier im Krankenhaus auf deinen Vater und meine Mutter warten?“, flüstert Linus Dana zu.

Danas Handy klingelt. Leonie. Ihre Mathenachhilfe ist zu Ende, und sie will wissen, ob ihre Fotos angekommen sind.

***

Katrin und Niklas stehen vor dem Glashäuschen des Pförtners. Der Pförtner hat sich auf seinen Stuhl zurückgelehnt und die Arme über der Brust gekreuzt, er mustert Niklas über seine Brille hinweg von oben bis unten.

„Könnten Sie mir bitte sagen, wo ich meine Tochter finde. Dana Tiefenbach heißt sie. Ich bin vor 10 Minuten angerufen worden, dass sie hier ist“, erkundigt sich Niklas.

Statt einer Antwort starrt der Pförtner Katrin an.

Niklas räuspert sich. „Ein Kind, ein Mädchen, elf Jahre alt mit braunroten Locken.“

Der Pförtner nickt betrübt.

„Was gucken Sie denn so?“, ärgert sich Katrin.

„Och“, sagt der Pförtner, „ich wollte mir nur mal richtige Rabeneltern angucken!“

Er beugt sich zu dem Sprechfenster vor, wieder fällt ihm fast die Brille von der Nase. „Ich hab ja auch öfters mit meiner Frau gestritten, aber vor den Kindern?! Nie! Schon gar nicht, wenn sie so krank sind! Sie können das Kind nicht einfach den Geschwistern überlassen! Als Elternpaar tragen Sie doch die Verantwortung!“

Niklas versteht zwar nicht wirklich, von was der Pförtner da redet, aber irgendwie schuldig fühlt er sich doch.

„Wir sind gar kein Eltern*paar*!“, verteidigt sich Katrin. „Wir sind eigenverantwortliche Eltern*teile*!“

Der Pförtner schlägt entrüstet mit der Faust auf den Tisch. Sein Kaffeebecher neben seinem Schreibtisch schwappt über. „Das ist ja noch schöner“, schimpft er, „nicht mal verheiratet! Und wer leidet darunter? Die Kinder!“

„Könnten Sie uns aber nicht doch sagen, wo sich unsere Kinder befinden“, bittet Niklas.

„Den Gang runter und dann rechts“, grummelt der Pförtner.

Ein Polizeiwagen hält in der Einfahrt. Onkel Gerald und ein Kollege springen heraus. Grelles Blaulicht lässt Niklas und Katrin stehenbleiben.

„Wie kannst du da nur mitmachen“, schimpft Katrin ihrem Bruder entgegen. „Das ist ein elfjähriges Mädchen, so alt wie Linus, und ihr kommt mit einer ganzen Hundertschaft von Polizisten!“

„Von einer Hundertschaft kann ja nun wirklich nicht die Rede sein“, widerspricht ihr Onkel Gerald mit Blick auf seinen Kollegen. Niklas versucht Katrin zu besänftigen, aber Katrin ist schon wieder voll in Fahrt.

„Was denkt ihr denn, was in so einem Kind vorgeht, wenn …“

„Nach § 51a kann der Vollzug der Abschiebung sofort ausgesetzt werden!“, unterbricht sie ihr Bruder.

Katrin will trotzdem weiter schimpfen, aber dann kommt bei ihr im Kopf an, was ihr Bruder da gerade gesagt hat.

„Wie, *ausgesetzt werden*?“

„Man kann die Abschiebung einer minderjährigen Person bis zu einer höchstrichterlichen Entscheidung vorläufig bleiben lassen.“

„Und warum lasst ihr sie nicht bleiben?“, fragt Katrin.

„Tja, warum“, sagt Onkel Gerald und zieht die Stirn hoch, wie ein Weihnachtsmann, der gleich das größte Geschenk aus seinem Sack holt.

„Nun sag schon!“, knurrt Katrin.

„Weil das nur geht, wenn sich familiäre Bedingungen finden, die für den Minderjährigen besser sind als die Abschiebung ins Ausland oder ein Heimaufenthalt. Und die haben wir bis jetzt noch nicht. Man müsste eine Familie finden, eine Pflegefamilie. Möglichst mit Kindern.“

Hinter ihnen huschen Leonie, Helena und Elena unbemerkt am Pförtner vorbei ins Krankenhaus.

***

Merjem schlüpft unter den schneeweißen Bettbezug. Sie fühlt sich immer noch müde, aber mit Linus und Dana neben sich ist es anders als im Papiercontainer. Mit halboffenen Augen träumt sie davon, wie es wäre, Ärztin zu sein.

Dana hängt Merjems Sachen in den Schrank. „Erstens", sagt sie, „hier bist du erstmal sicher. Zweitens wir bleiben jetzt bei dir. Und drittens ..." Ohne Anklopfen wird die Tür aufgerissen – Leonie, Elena und Helena. Leonie lässt das Handy sinken. „Was soll ich denn hier fotografieren, ein Krankenbett? Das ist doch total langweilig!"

Von draußen hört man die Stimme von Niklas. „Dein Bruder hat gesagt, es ginge sehr wohl, wenn sich ein familiäres Umfeld findet, das für den Minderjährigen besser ist als die Abschiebung ins Ausland oder ein Heimaufenthalt. Zum Beispiel, wenn sich eine Kurzpflegefamilie findet mit festem Wohnsitz hier am Ort, mit geregeltem Einkommen und gutem Leumund ... also gründen wir doch eine Kurzpflegefamilie."

„Eine Kurzpflegefamilie gründen!", regt sich Katrin auf, „man kann doch nicht einfach eine Kurzpflegefamilie *gründen*! Man muss doch schon eine Familie *sein*!"

Eine vorbeieilende Krankenschwester macht Niklas und Katrin ein Zeichen, nicht so laut zu sein. Sie sind an der Tür von Merjems Zimmer angekommen. Niklas nickt zustimmend: „Ja, du hast vollkommen recht. Man könnte auch richtig heiraten, mit allem Drum und dran ... Das wäre *die Lösung*!"

Katrin bleibt wie angenagelt stehen, macht den Mund auf und wieder zu. Ihre Zähne klacken aufeinander.

Niklas nimmt ihre Hände in seine, schaut sie intensiv an: „Eine richtige Familie", sagt er, „finde ich auf jeden Fall besser als eine Kurzpflegefamilie."

Katrin starrt ihn an.

„W… wie … *richtige* Familie?"

„Dann wäre nämlich hier alles juristisch noch einfacher, und …"

Leonie drängelt sich neben Linus an die Tür, hält mit ihrem Handy drauf. „Erwachsene, die sich streiten, das ist immerhin was", grummelt sie, und zu den Zwillingen: „Los, baut euch auf!"

Die beiden pflanzen sich rechts und links hinter das Bett. Merjem zieht sich die Bettdecke bis zur Nasenspitze hoch. Dana und Linus schieben sich neben Merjem aufs Bett.

„Ist doch logisch. Wenn eventuell noch Geschwister vorhanden sind, stehen die Chancen, ein Kind aufnehmen zu können, noch besser. Das hat dein Bruder doch gesagt, oder nicht?", erklärt Niklas. „Und … und wenn wir zusammenlegen, hätten wir sogar zwei Geschwister anzubieten."

Katrin sieht Niklas intensiv an. Sie weiß nicht: Soll dieser Vorschlag ernst gemeint sein, oder ist das nur so eine Art Krankenhauswitz am frühen Abend?

Niklas grinst zu Linus, Merjem und Dana hinüber, Leonie folgt seinem Blick mit ihrem Handy. „Wie seht ihr das?"

Ratlosigkeit.

Katrin holt tief Luft. „Und das fällt dir jetzt gerade mal so ein, auf einem Krankenhausflur mit Sagrotanmief! Und wo bleiben Kerze und Champagner? Das ist doch so was von geradezu ... also das ist …!“ Sie findet das passende Wort nicht.

Niklas zieht sie zu sich heran. „Willst du nicht?“

„Das habe ich nicht gesagt“, schnauft Katrin.

Leonie wieselt aufgeregt um sie herum, um ein gutes Bild zu bekommen, fotografiert, wie Niklas den Arm um Katrins Schulter legt. „Den Antrag dafür könnte man mit einem guten Anwalt sofort stellen, informell natürlich zunächst einmal, unter Anwendung des Härteparagraphen, und das alles im Nachhinein bestätigen lassen.“

„Merjem hätte dann erstens zwei Geschwister“, flüstert er ihr ins Ohr, „zweitens eine liebevolle Pflegemutter und …“, er deutet auf sich, „drittens auch einen guten Leumund.“

„Leumund?“, erkundigt sich Linus misstrauisch bei Dana. „Was soll denn das sein?“

„Leu-mu-hund!?“ Dana zieht das Wort so lang, als könnte sie in den einzelnen Buchstaben seine Bedeutung finden.

„Ein Leu-mu-hund ist vielleicht ein wildes Tier …“, vermutet Linus, „oder ein Wachhund …“

Merjem, die immer noch die Decke bis zur Nasenspitze hochgezogen hat, schaut von Dana zu Linus. „Wär ich dann eure Schwester?“, will sie wissen. Sie nickt dabei kaum merklich mit dem Kopf, als hätte sie keine Frage gestellt, sondern eine Antwort gegeben.

Leonie ist auf einen Stuhl geklettert. „So, jetzt bitte noch mal alle zusammen rücken“, dirigiert sie. Helena und Elena bauen sich mit ihrem Papierschild hinter Merjems Bett auf.

Merjem muss in Deutschland bleiben!!!

steht drauf.

„Lächeln!“, kommandiert Leonie

***

Mail von Merjem an ihre Eltern.

Liebe Mama, lieber Papa,

ich hab die ganze Nacht nicht geschlafen, weil ich mich so freue. Ich dachte, es wird nie morgen. Wir kommen um 12.10 in Pristina an. Niklas und Katrin fragen, was wir mitbringen sollen. Wir haben jeder 20 kg Gepäck frei. Soll ich mal gucken, ob die Fritteuse noch da ist? Dann machen wir für alle Pommes, ja Mama? So wie du sie hier immer gemacht hast. Die kann niemand so gut wie du. Katrin kann überhaupt nicht besonders gut kochen. Vielleicht kannst du mir das mit den Pommes Frites beibringen.

Und Frau Fischer hat einen Verein gegründet, um euch zu helfen, dass ihr vielleicht wieder nach Deutschland zurückkommen könnt. Sie sagt, wenn man so gut Deutsch kann wie du, Mama, und beweist, dass man eine richtige Arbeit hat, dann kann man einen Antrag stellen. Was für ein Antrag das ist, erzähl ich euch, wenn ich da bin.

Jetzt muss ich Schluss machen, Linus und Dana streiten schon wieder, ich glaube, wegen Tisch decken. Dabei brauchen sie gar nicht streiten, heute bin ich nämlich dran.

Bis übermorgen
Eure Merjem

P.S. Vielleicht kommt demnächst jemand in einem alten Kastenwagen bei euch vorbei. Das ist Margo Clou de Sabot. Sie will runter nach Griechenland mit Medikamenten für Flüchtlinge. Ich habe ihr eure Adresse gegeben, damit sie mal haltmachen kann.

eine richtige Arbeit hat, dann kann man einen Antrag stellen. Was für ein Antrag das ist, erzähl ich euch, wenn ich da bin.

Jetzt muss ich Schluss machen, Linus und Dana streiten schon wieder, ich glaube, wegen Tisch decken. Dabei brauchen sie gar nicht streiten, heute bin ich nämlich dran.

Bis übermorgen
Eure Merjem

P.S. Vielleicht kommt demnächst jemand in einem alten Kastenwagen bei euch vorbei. Das ist Margo Clou de Sabot. Sie will runter nach Griechenland mit Medikamenten für Flüchtlinge. Ich habe ihr eure Adresse gegeben, damit sie mal haltmachen kann.